관능수업

Petit Traité D'éducation Lubrique

by Lydie Salvayre

관능수업

Petit Traité
D'éducation Lubrique

리디 살베르 | 백선희 옮김

muſintree
뮤진트리

혹시 허벅지나 엉덩이, 음부나 그 주변을 종종 생각하십니까?
무슨 말씀인지 모르겠군요. 더는 자연스레 발기가 안 되십니까?
그가 말했다. 발기라고요? 내가 물었다. 음경 말입니다. 음경이
뭔지는 아시죠? 그가 말했다.

사무엘 베케트, 《진통제》

● 차례 ●

라블레처럼 거침없이 호탕하게

소설가 리디 살베르가 쓴 이 야릇한 책을 어떻게 소개할까. 2014년 공쿠르 상을 비롯해 에르메스 상·노방브르 상·프랑수아 비예두 상 등을 받은 이력을 내세워 대단한 작가가 쓴 책임을 강조할까? 오비디우스·드니 디드로·샤를 보들레르·루이 아라공·기욤 아폴리네르·조르주 바타유 등 위대한 문학 거장들을 줄 세워 에로티즘 전통 혹은 외설 문학의 계보를 잇는 작품으로 설명할까? 아니면 수전 손택이 쓴 〈포르노그래피적 상상력〉을 동원해 현학적으로 해설해볼까? 그러자니 왠지 이 책을 변명하는 것 같기도 하고, '포르노그래피'라는 말에 행여 기대를 잔뜩 품을지 모를 독자를 오히려 실망시킬 것도 같다.

이 책을 쓰면서 저자는 "참으로 슬프게도 우리가 상스런 행위로, 참으로 천박하게 위생문제로 축소해버린 성행위에 본래의 야성을 돌려주려고 애써볼 생각"이라고 말한다. 그리고 짓궂은 장난기와 웃음기 가득한 조롱을 담아 성性의 다양한 측면들에 대해 거침없이 얘기한다. 욕망의 대상을 사로잡고, 매혹하고, 홀리고, 들뜨게 만들고, 꾀고 돌돌 말아서 유혹하기 위한 계략을 구체적으로 조언하는가 하면, 갖가지 체위를 묘사하고, 펠라티오며 쿤닐링구스며 항문성교를 노골적으로 설명한다. 상대가 내게 반한 징후, 상대의 감정이 식은 징후 등을 재미나게 열거하기도 한다.

성에 집중된 주제며 노골적인 표현들을 보면 이

책을 포르노그래피로 볼 수도 있겠다. 그런데 수전 손택의 말을 잠시 빌리자면, 포르노그래피는 오직 "성적 흥분을 유발"하는 데 목적이 있고, "언어는 격이 떨어지는 단순도구로서의 역할만" 수행하며, 인간관계나 감정에는 무관심하고 "비동기적이고 비인격화된 신체부위의 상호작용만" 드러낸다고 한다. 그렇다면 이 책은 포르노그래피로 볼 수 없겠다. 혹시 "성적 흥분을 유발"할지는 모르겠으나, 인간의 감정과 심리를 통찰하는 데다, 언어를 결코 단순도구로만 쓰지 않고 선입견이나 통념, 도덕적 판결 따위를 조롱하고 정교한 유머까지 구사하고 있으니 말이다. 노골적인 묘사 틈틈이 매혹적인 문구들이 반짝인다. 이를테면, "포옹은 가두는 것도 소유하는 것도 조종하는 것도 아닙니다. 모든 시인이 그리 말할 겁니다."라는 표현이나 혹은 "우리는 매혹하는 법을 잊으면서 증오하는 법을 배운다."라는 근사한 니체의 글귀들이다. 사실 저자는 니체만이 아니라 사무엘 베케트·쇼펜하우어·파스칼·

카툴루스·수에토니우스·마르시알리스·하이데거·오스카 와일드·키르케고르·플로베르·스피노자·사르트르·디드로·아부 알라 알마아리·오비디우스·페트로니우스·아레티노·루소 등을 화려하게 인용하고 있다.

그러나 이 책의 중심에 자리한 건 무엇보다 웃음이다. 리디 살베르는 가장 좋아하는 작가에게 보내는 편지 형식의 글을 써달라는 〈롭스L'Obs〉지의 청탁을 받고 프랑수아 라블레에게 편지를 쓰며 웃음의 중요성에 대해 얘기한 바 있다. 그녀는 우리가 점점 호탕한 웃음을 잃어가고 있다고 염려한다. 웃음이 "목구멍 속에서 포효하지 않고, 포복절도하게 만들지도 않고, 물어뜯지도 조롱하지도 않고" 조심스러워지고 있다고 걱정한다. 비슷한 시기에 쓴 이 책에서 작가는 라블레 풍의 유머를 한껏 구사해보려 한 것 같다. 덕분에 우리는 책 곳곳에서 짓궂은 농담과 조롱 섞인 유머를 만날 수 있다. 이를테면 저자는 성욕감퇴제 목록에 "플라토닉 사랑을 떠들어대는 따분한 사람, 뒤끝 있는 사람, 정신과 의사, 문학 평론가"를 집어넣는가 하면, 오스카 와일드의 말을 빌려 "유혹에서 해방되는 유일한 길은 그 유혹에 넘어가는 것"이라고 능청을 떨기도 하고, 증권계 남자는 당신의 매력보다는 주식지수의 상승에서 더 쾌감을 느끼니(당신의 매력이 육류 시장에 상장된 경우라면 또 모를까) 조심하라고 조언한다. 또 "성가시도록 도처에 신출귀몰하며" "낯선 이의 손을 붙잡고, 기념비 제막식에 참석하고, 연단에 올라 감언이설로 대중을 속이고, 박수갈채 받기를 좋아하는 정치인"도 사랑에는 부적합한 인물이니 경계하라고 당부한다.

짓궂고 노골적인 표현 너머로 뜻밖의 서정성을 만날 수도 있다. 여러 체위를 세세히 설명하고 나서 작가는 "가장 단순하고 가장 아름다운 체위를 깜빡 잊었다"며 "사랑하는 존재를 오래도록, 다정하고, 부드럽게, 미친 듯이 껴안고, 닳도록 애무하고, 격렬하게 끌어안고… 그의 안에서 나를 잃고,

그의 품에서 죽을 때까지 포옹하는 것"이야말로 경이 가운데 경이라고 말한다. 그리고 "죽음이 당신을 데려가기 전에 뜨겁게 사랑하라"는 말로 글을 마무리한다.

저자가 놀이하듯 유쾌하고 익살스럽게 써놓은 책을 긴 해설로 무겁게 만들지 말아야 하겠다. 이 책의 유머가 우리나라 독자에게 얼마나 통할지 모르겠으나, 부디 독자들이 잠시나마 진지함을 벗고 가벼운 마음으로 웃으며 이 책을 읽기를 기대해본다.

2017년 12월

백선희

　종교교육의 첫째 의무가 자기 이웃에게 지옥을 피하게 해주는 것이라면, 관능교육의 첫째 의무는 자기 이웃을 지옥에 빠뜨리는 것입니다.

　그 목표에 이르는 방법은 수없이 많아서 일일이 다 고려하지는 못할 것입니다.

　따라서 우리는 그저 성행위를 이루는 다양한 단계들만 살펴보려 합니다. 그 행위를 더 진행하지 못하게 막거나 확실하게 부추기는 요소들이 무엇인지 세세히 밝히고, 질 성교·항문 성교·쿤닐링구스 같은 말의 의미를 밝혀보려 합니다(음부니 성기니 음경 따위는 모두가 알고 있을 테니까요).

또한 참으로 슬프게도 상스런 행위로, 일부 둔감한 사람들이 참으로 천박하게 위생문제로 축소해버린 성행위에 그 어둠과 야성을, 측량할 길 없는 힘을 돌려주려고 애써볼 생각입니다.

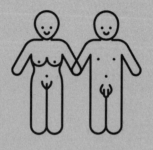

1. 예비 접촉

접촉은 크게 세 가지 종류로 구분해야 합니다;
1) 은밀한 접촉, 2) 은근한 압박, 3) 집요한 포옹.

1) 은밀한 접촉

어휘를 늘리고 심화할 유익한 기회를 제공해
주는 것이 관능교육인 만큼, '은밀하다'를 뜻하는
프랑스어 subreptice가 '훔치다'를 뜻하는 라틴어 subripere와 '밑으로 슬쩍 끼어들다'를 뜻하는 subrepere의 과거분사 subreptus에서 만들어진 말이라는 사실을 짚고 넘어갑시다.

은밀한 접촉은 무엇보다 초보자들, 사춘기 청춘들, 수줍음 많은 사람들에게 적합합니다. 마치 부주의해서 벌어진 일처럼 태연한 얼굴로 행하는 이 접촉은 최대한 우연을 가장하고 탐나는 가슴에 슬쩍 스치거나, 탐닉하는 입술과 아무도 모르게 마주치거나, 발을 헛디딘 척 비틀거리고 서툴러서 넘어지는 척 유혹의 대상에게 슬쩍 기대는 것입니다. 민망해하는 제 얼굴 보이시죠.

이 방법은 어떤 장소, 어떤 상황에서도, 그리고 어떤 소품의 도움 없이도(젊은 여성이 가벼운 접촉을 얻어낼 목적으로 손수건을 떨어뜨리는 건 완전히 케케묵은 방식입니다) 의도를 들키지 않고 실행할 수 있다는 이점이 있습니다.

우리가 보기에 이때가 엉큼함이 권장되는 유일한 상황인 것 같습니다.

2) 은근한 압박

교통이 혼잡한 시간의 대중교통수단 안이 이 접촉을 시도해볼 가장 이상적인 조건입니다. 지하철이나 버스, 수도권 고속전철 등.

이건 해부학적으로 가장 불거진 신체부위를 타인의 신체에 대고 지그시 누르는 행위입니다.

● **조언** ···

여성 여러분, 혼잡한 상황이라고 해서 단순한 압박을 훨씬 넘은 노골적인 접촉까지는 하지 않도록 조심하세요. 이를테면 옆에 선 남자의 가랑이 사이를 움켜쥐었다가는 돌이킬 수 없는 실수를 범하게 될 겁니다.

또한, 어떤 황홀한 쾌감이나 음탕한 생각이 얼굴에 드러나지 않도록 조심해야 합니다. 슬며시 암시하는 편이 천 배는 나아 보일 속내를 너무 솔직하게 표현하진 마세요.

슬쩍 스치고 나서 미안하다는 말까지는 해도 좋습니다. 그러면 엉큼한 처신의 은밀한 즐거움이 두 배로 커질 테니까요.

당신이 남몰래 지그시 몸을 기댄 청년이 당신의 행동에 대해 무례하다고 따지면 목소리를 높이세요. 화난 표정을 짓고 도저히 참을 수 없는 착각이라고 항의하며 그 멍청이에게 이렇게 말하세요. 당신에게 남다른 매력이 있긴 하지만 난 눈곱만큼도 불결한 의도를 품지 않았다. 정숙하기 이를 데 없는 나의 처신을 당신이 잘못 해석한 거다. 추행당했다고 생각하는 남자들의 강박증은 참기 힘든 수준을 넘어, 솔직히 말해 한심한 지경에 이르렀다. 한 술 더 떠서 요란하게 화를 내며 오히려 능욕당한 것처럼 연기하세요. 눈처럼 새하얀 사람을 추잡한 여자처럼 취급하다니 정말이지 모욕적이군요! 아예 강간이라고 소리치시지 그러세요, 요즘 그게 추세 아닙니까! 모든 여자가 당신 성기에 눈독 들이는 화냥년인 줄 아십니까! 이런 상황에 걸맞은 분노와 고함을 한껏 쏟아내세요.

3) 집요한 포옹

억누를 길 없는 관능적인 욕망에 사로잡힌 두 개인이 합의하에 기둥이나 벽, 또는 탄탄한 문설주에 기댄 채 짐승처럼 서로에게 필사적으로 몸을 밀착시킬 때 포옹은 집요해집니다. 이 포옹에는 세 가지 변종이 있습니다.

첫 번째는 여자가 칡넝쿨처럼 남자를 휘감고 '여보야, 오빠', 또는 좀 더 소박하게 '자기' 등의 말을 속삭이는 식입니다. 여자의 몸이 남자의 몸을 휘감되 옴짝달싹 못하게 가두지는 말아야 합니다. 포옹은 가두는 것도, 소유하는 것도, 조종하는 것도 아니니까요. 모든 시인이 그리 말할 겁니다.

두 번째는 이런 그림입니다. 여자가 오른발은 상대의 왼발 위에, 왼발은 상대의 오른쪽 허벅지 위에 올리고 달콤한 말을 속삭이며 양팔로 상대의 목을 휘감고 뱀처럼 포옹하는 겁니다. 여자가 미끄러질 위험을 피하려면 왼발에 살짝 징이 박힌 신발을 신어도 좋겠습니다.

세 번째는 시의적절하지 않게 관능의 수레바퀴가 작동하는 바람에 규칙도 방법도 모조리 무너졌을 때 벌어집니다. 인간은 교접하고 싸우는 데 일생을 보내는 짐승에 불과하다고 한 쇼펜하우어의 말이 확인해주듯이, 이때는 그야말로 문란이 군림하지요.

2. 절대 건너뛰지 말아야 할 단계, 키스

키스는 포옹 다음에 이어지는 두 번째 단계입니다. 우리는(제가 '우리'라는 위풍당당한 복수 형태의 주어를 쓰는 건 제 책이 이 주제를 다루면서 잃게 될지도 모를 품격과 위엄을 갖추었으면 하는 바람 때문입니다) 고루한 사람으로 비칠 위험을 무릅쓰고 여러분께 순서를 꼭 지키라고 조언하겠습니다.

키스는 입술에, 눈에, 이마에, 귀에(하지만 귀에 하는 키스는 웃음을 유발할 수 있으니 주의하세요. 베르그송의 말에 따르면 웃음은 성교에 매우 유해합니다), 목에, 배꼽에, 허벅지에, 배에 할 수도 있고, 때로는 더 아래쪽, 구멍과 구멍 주변 부위(신경이 많이 분포되어 있어 대단히 민감한 부위입니다)를 선호할 수도 있겠습니다.

키스의 달콤함은 살갗 아래로 퍼져 "심장까지 스며듭니다".

키스의 종류는 매우 다양합니다. 크림처럼 부드러운 키스, 숙련된 키스, 떨리는 키스, 서정적인 키스, 회전식 키스, 의문형 키스, 영적인 키스, 리듬 타는 키스, 소용돌이 키스, 꼼꼼한 키스, 목가적인 키스, 호소력 넘치는 키스…, 그러니 이 모든 키스를 세세히 묘사하기란 불가능할 뿐 아니라 소모적인 일이 될 것입니다.

키스를 할 때 겪는 유일한 어려움은 남자의 성가신 콧수염입니다.

콧수염은 여자에게 따끔거리는 불쾌감을 안깁니다. 그것은 싹트는 쾌감을 틀어막고, 플라톤이 말하는, 현상에서 본질로의 이행을 가로막지요.

이것은 콧수염이나 턱수염을 장착한 독재자들이 하나같이 성욕의 영역에서는 보잘것없는 행복밖에 누리지 못하고 욕구불만에 차서 앙심을 품고 괴팍한 꼴로 삶을 끝낸다는 사실을 설명해줍니다.

그래서 한 가지 조언을 드릴까 합니다. 연애 분야에서 성공을 거두려면 면도를 하세요. 게다가 만약 직업이 기자이면서 수염까지 단 분이라면 망설이지 말고 사표를 쓰세요. 두 가지 대비책이 한 가지보다 낫지 않겠습니까?

만약 이 두 가지 중 어떤 결단을 선택해도 인기를 얻지 못한다면 상대를 유혹할 생각을 완전히 버리세요. 그러곤 여생을 채식주의나 다른 성스런 신조를 받드는 데 바치세요.

● **조언** ···

1) 키스하기에 좋은 장소가 있습니다. 영화관은 특히

유리한 곳입니다. 설문 응답자의 80퍼센트가 엄밀히 말해 영화를 좋아해서라기보다는 좀 더 음탕한 이유로 어두운 공간에 끌린다는 사실을 보여주는 통계자료만 봐도 그렇습니다.

본능적으로 포옹을 매우 좋아하는 젊은 여자들에게는 교회나 성당도 선선하고 어슴푸레한데다 사람들의 왕래까지 적어서 확실한 이점이 있습니다.

2) 만약 위에서 언급한 장소 가운데 한 곳에서 옆자리에 앉은 사람이 당신의 의도를 곡해하고 당신 손을 자신의 물건에 갖다 대면 그 엉큼한 작업에서 엄밀하게 내밀한 측면만 보려고 해보세요. 소리 지르지 말고, 어찌 보면 하늘에서 떨어졌다고도 할 수 있는 그 뜻밖의 기회를 이용해보세요.

3) 키스 단계를 건너뛰고 포옹에서 엄밀한 의미의 성교로 바로 넘어가는 사람들도 있습니다. 성마르고 고약한 성격을, 그리고 몸의 주요 성감대에 대한 완전한 무지를 드러내는 그런 행동을 접하면 지체 없이 헤어지는 편이 좋을 겁니다.

3. 유체이탈의 지름길,
   펠라티오

대체로 야심 많고 바쁜 여자들이 하는 펠라티오는 주로 자동차 안에서 이루어집니다. 대개 이런 식이지요.

1) 여자는 남자의 성기를 손으로 살포시 감싸 쥐고, 입을 부드럽게 대고 입술 사이에 밀어 넣습니다.

2) 샴페인 잔을 들 듯 손가락을 성기 위에 단추 모양으로 가지런히 모아 올린 뒤, 양 입술 가장자

리에 힘을 줍니다(방심하고 이로 깨무는 건 적절치 않습니다).

3) 귀두 끝에서 입을 다물고 들이마시듯 빱니다(이때, 다양한 문제들에 관해 성찰해볼 수 있겠습니다. 뒤에 가서 언급할 다른 행위들과 달리 이 행위는 조금도 생각을 혼미하게 만들지 않는다는 이점이 있기 때문입니다. 예를 들어, 직업이 교수인 사람은 머릿속으로 강의 준비를 하기에 이상적인 순간이지요.

4) 가능한 한 리듬에 맞춰 은밀히 시계를 봐가며(이때는 매 초가 중요하기 때문입니다) 성기를 입속에 넣었다 뺐다 합니다.

5) 6분이 지나면, 남자의 성기를 송두리째 삼킬 듯이 입속에 집어넣습니다. 그런 후 거칠게 내뱉는 겁니다. 이쯤이면 남자는 여자에게 완전히 굴종하게 되지요. 이때가 바로 남자에게 이런저런 보상을 요구할 순간입니다. 결혼 약속이나 여행, 다이아몬드 같은 것 말이지요…. 남자는 정신을 못 차리고 넋 나간 얼굴로 숨을 헐떡이며 다 죽어가는 사람의

목소리로 무엇이든 들어주겠다고 말할 겁니다. 유체이탈 상태일 테니까요.

6) 여자는 빨기를 중단하고 능숙한 손길로 연인의 음낭을 주무릅니다. 마치 그걸 처음 빚듯이 말이지요.

7) 이 두 동작이 더해지면 남자는 더이상 견디지 못하고 여자의 입속에서 희열을 느끼며 승리를 흩뿌리지요.

8) 그러곤 기진맥진해서 쓰러질 겁니다.

여자와 마찬가지로 남자도 몇 분 후면 냉정을 되찾고 정상적인 감정으로 돌아올 겁니다. 두 사람은 자신들을 그런 일탈로 이끈 이성의 한계와 취약성에 대해 생각해볼 시간을 충분히 갖게 되겠지요.

파스칼이 언젠가 이렇게 외친 것도 이런 종류의 흥분상태에서였을까요? "바람에 사방팔방으로 휘둘리는 우스운 이성?"

펠라티오는 물론 두 남자 사이에서도 어느 정도

유사한 모양으로 행해질 수 있습니다.

● 조언 ···

1) 자동차는 인적이 드문 장소에 주차하세요. 중요한 순간에 경적소리가 울리거나 다른 어떤 불상사가 생겨 파트너가 갑자기 당신의 성기를 놓칠지도 모르고, 최악의 경우엔 기도가 막혀 질식할 수도 있지 않겠습니까. 질식사가 낳을 골치 아픈 상황을 상상해 보세요!

사우나, 술집이나 나이트클럽 뒷방, 지하주차장은 지금도 '파이프'라고 불리는 펠라티오 애호가들에게 매우 유용한 환경을 제공해줍니다.

우리가 젊은 날에 애용했던 남자용 공중변소는 안타깝게도 혼자서 10분 동안만 사용하도록 엄밀히 제한된 동전 화장실로 바뀌어 버렸습니다. 이 사실은 물질적 진보가 관능의 영역에서도 반드시 진보를 의미하는 건 아님을 입증해줍니다.

2) 옷 한 벌도 살 수 없는 형편이라면 옷가게 점원에게 작은 파이프 하나를 깎아주겠노라고 제안해 보세요. 탈의실은 이런 용도에 완벽하게 들어맞는 장소입니다. 요즘 이런 지불조건 앞에서 망설이는 점원은 보기 드물 겁니다.

3) 그리고 제발 부탁컨대, 당연한 대가를 지불하면서 부적절한 행위를 한다고 자책하지는 마세요. 나약한 자들만이 예의 바르게 행동하는 겁니다. 이건 귀스타브 플로베르가 한 말이고, 우리는 그의 말에 전적으로 동의합니다.

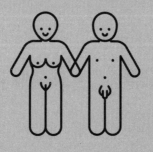

4. 여성의 온전한 쾌락을 위한, 쿤닐링구스

펠라티오가 남성의 성기를 빠는 것이라면 쿤닐링구스는 여성의 성기를 핥는 것입니다. 쿤닐링구스를 하는 사람을 쿤닐링제, 즉 성기애무자라고 부릅니다.

아리스토파네스는 성기애무자로 이름난 아리프라데스에 대해 "혀로 일한다고" 경멸조로 말하곤 했지요.

언어의 중의적 특성을 이용해 수상쩍은 취향을

드러내는 몇몇 재치는 혀와 언어라는 두 가지 의미를 지닌 단어 langue의 모호한 사용에 토대를 두고 있습니다. 우리는 결코 이런 쉬운 유혹에 넘어가지 않을 것입니다.

역사적 사실 몇 가지를 살펴보자면;

로마인들 사이에서 쿤닐링구스는 평판이 좋지 못했습니다.

카툴루스(시집 37편, 3-5)는 구취가 지독한 그들을 숫염소로 취급했습니다.

수에토니우스(《문법가전》, 23장)는 회식 손님들을 도망치게 만든다는 이유로 그들을 멀리했습니다.

마르시알리스(《풍자시》3권, 96)는 그들을 혐오스런 본능에 사로잡힌 사람들로, 축 늘어진 혓바닥 때문에 괴로워하는 가련한 성불능자로 여겼습니다.

그 시절에 여자들의 운명은 아마도 불행했을 겁니다. 그러나 이 모든 건 흘러간 과거일 뿐입니다.

오늘날 쿤닐링구스는 오랫동안 저주받아온, 혹은 악마처럼 통용되어온 여성들의 쾌락이 부활되도록 일조하고 있습니다.

순수한 마음으로 쿤닐링구스를 제안하는 당신에게 아직도 죄 운운하는 사람이 있다면 현학적인 어조로 프리드리히 니체의 이 문장을 읊어 반격하세요. "성생활을 경멸하고, 음란이라는 말로 성생활을 더럽히는 것이야말로 삶에 대한 경건한 정신을 거스르는 진짜 죄악이다." 편협한 인간들을 제압하는 데는 현학적인 어조로 인용문을 읊조리는 것보다 나은 방법이 없지요.

악덕 운운하는 사람에게는 이렇게 응수하세요. 악덕은 악에 젖은 영혼에게만 악덕일 뿐입니다. 안녕히 가세요.

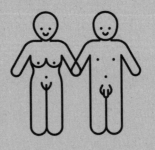

5. 작업 준비와 전략

작업 서막을 여는 건 잠재의식에서 나온 메시지, 의식적인 메시지, 혹은 떳떳치 못하게 감각을 자극해 상대를 유혹으로 끌어들일 의도가 명백한 말입니다.

자세한 걸 알고 싶다면 에스파냐의 신비스런 성녀 아빌라의 테레사가 쓴 작품을 참조하길 권합니다. 이 성녀는 생애 일부를 예수(모든 점에서 매력적이어서 세상에서 유일하게 사랑받을 만했던 기독교인이지요)의 몸으로 세상에 온 하느님을 유혹하느라 보냈으니까요.

수작, 마술, 음모, 책략, 교태, 추파, 낯간지러운 말, 속닥임, 전통적인 주술에다 우리가 고안해낸 몇 가지 제안을 덧붙이겠습니다.

모든 수법은 명백한 진리에 근거를 두고 있습니다. 인간은 빵만으로는 살지 못한다는 진리 말입니다. 인간이 갈망하는 건 향연입니다. 기쁨과 사랑, 황홀경의 향연. 죽음이 인간의 소매를 잡아끌어 그 뼈로 훌륭한 비료를 만들 때까지 말입니다.

1) 준비

— 여자 쪽

a. 만약 인터넷을 이용해 작업한다면 몇 가지 전략이 제시됩니다.

a.1 정공법

평판 나쁜 장소(문학토론을 빙자한 술 모임은 탁월한 기회가 될 수 있습니다)에서 약속을 잡고, 안주를 먹는 틈틈이 의중을 드러내어 당신이 정사를 원한다는 걸 점잖 빼지 말고 말하세요. 아니면 방에서, 왜 그러는지는 모르겠으나 전통대로 몸을 비튼 자세를 취하고 웹캠으로 촬영을 하세요. 엉덩이를 활처럼 휜 모양으로 치켜세우고, 가슴을 한껏 내민 자세로.

a.2 박학다식법

"난을 치고 싶어요"라고 쓴 다음, 어두컴컴한 장소에서 만나자고 슬쩍 제안해보세요. 당신의 전언을 "색언"이라 명명하고, 당신이 팡트몽 수녀원[1]에서 자랐다고 주장하며 마지막에 이름을 줄

---

1) 13세기에 파리에 세워진 수녀원으로 상류층 가문 딸들의 교육 장소, 귀부인들의 은둔지로 이용되었다.

리에트나 볼마르 부인[2]이라고 쓰세요. 혹은 비밀은 확실히 보장되니 퀴퀼린 당콘[3] 네 집에서 잠깐 보자고 제안해보세요. 아는 사람만 알아듣는 이 기호들은 대번에 상당수의 교양 없는 개인들을 제거하게 해줄 겁니다. 그런데 어쩌면 잘못 제거하게 될지도 모릅니다. 문학 분야의 무교양이 꼭 관능 분야에까지 무교양을 뜻하는 건 아니니까요.

a.3 암시법

직접적인 단어 말고 다른 말로 표현하세요. 모호성을 한껏 즐기세요. 그러면 가톨릭 신자 고객층은 확실히 공략할 수 있을 겁니다. 이들은 절대로 사물을 제 이름으로 부르지 못하고, 하느님이 관대하게 쓰게 한 성性을 혐오하는 척합니다. 이

---

2) 장 자크 루소의 소설 《신 엘로이즈》의 여주인공 이름.
3) 기욤 아폴리네르의 외설소설 《일만 일천 개의 음경》에 등장하는 매춘부의 이름.

들이 지극히 높이 평가하는 멍청한 용어들을 활
용하세요. 교태부리다, 따가닥하다, 간질이다, 야
옹이놀이하다, 불장난하다 따위의 온갖 완곡한
말들은 크리스틴 부탱[4] 같은 사람이 이 말들이
가리키는 혐오스런 행위를 미화하기 위해 권장
한 표현들입니다.

● 참고 ···

우리가 위에서 고찰한 디지털 전략들은 오직 구두로
행해지기에 지칠 일이 없다는 이점이 있어 점점 더 많
이 이용됩니다. 당신이 죽도록 따분해하는 사무실에
서도 아무 탈 없이 이행할 수 있고(손톱 손질을 하거나,
쇼핑 목록을 적거나, 옷 수선을 하는 건 썩 재미없는 소일거
리이므로), 오히려 달콤한 여가시간이 되어 잠시 손 놓

---

4) 가톨릭 신자로 낙태와 안락사에 반대하고, 비혼동거관계인 '시민연대
조약(PACS)'에도 반대한 프랑스 여성정치인.

왔던 일을 더 열심히 하게 될 겁니다.

당신의 상사가 세련된 사람이라면 이렇게 말할 겁니다. 이 에로틱한 편의가 직원들을 회사에 단단히 붙들어 매고, 그 덕분에 생산성이 향상될 것이라고 말이지요. 모두 알다시피 생산성은 대단히 중요하잖습니까.

b. 경우에 따라, 만약 당신이 오직 가진 매력만으로 타인의 관심을 끌고 승리를 거둘 타고난 능력(아직까지도 성적 매력이라고 불리는 능력)을 갖추고 있지 못하다면,

b.1 – 머리 여기저기에 작은 꽃을 달고, 선정적으로 혀끝을 내밀어보세요. 성자라도 버티지 못할 겁니다.

b.2 – 블라우스를 겸허하게 살짝 풀어헤치거나 아니면 얇은 옷으로 갈아입으세요. 한껏 색정을 도발하는, 가림과 드러냄의 헤겔식 변증법이 반드시 작동돼야 합니다.

b.3 - 마르틴 하이데거가 《사유란 무엇인가?》에서 쓴 이 사유를 염두에 두세요. "드러냄으로 초래된 출현은 명백히 현존하는 존재자의 현존하는 존재 속에 두드러지는 것이 아니라, 드러내진 것 속으로 들어서는 것이다."

b.4 - 몽롱하게 꿈꾸는 듯한 표정으로 이런저런 포즈를 취하고 열띤 입술을 살짝 벌리세요.

b.5 - 희미하게 중얼거리며 눈썹을 파닥거리고 (선택사항) 음탕한 말을 해보세요.

b.6 - 그레이트 게임(패권 다툼)

b.7 - 당신의 연인이 굴복하지 않고 버티면, 망설이는 태도를 보이면, 소심증을 드러내는 표현을 에둘러 말하거나 먼저 자신의 곧은 양심에 물어봐야겠다고 말하면, 용기 내어 사태를 거머쥐세요(모든 걸 말장난으로 보지는 마세요). 그는 뒤늦게 당신에게 무한히 고마워할 겁니다.

b.8 - 코르셋 조이듯 의무를 제아무리 탄탄히 조여도 당신 매력의 공격에는 버텨내지 못할 겁니다.

b.9 – 성 아우구스티누스가 주장했듯이 눈의 즐거움이 정사의 즐거움을 두 배로 키운다는 사실을 유념하세요. 두 가지 즐거움을 모두 채우려면 크리스찬 디오르 볼터치를 써서 안색에 환한 빛을 더하고, 다이너마이트처럼 붉은 착색 샴푸로 당신의 연분홍 머리칼에 선명한 광채를 더하세요. 에로스는 자연미를 끔찍이도 싫어하며, 착각을 좋아하고, 속임수를 지극히 사랑합니다. 에로스는 예술가이기 때문입니다. 다시 말해 거짓말쟁이라는 말입니다. (잠깐 샛길로 빠지자면, 예술가들 사이에서 거짓말 취향이 요즘엔 시들해지는 것 같아 사태가 심각해 보입니다. 이 주제에 관해서는 오스카 와일드의 《거짓말의 쇠퇴》를 다시 읽어야 할 것 같습니다.)

b.10 – 어떤 사람들은 최후의 책략으로 치모 염색을 권합니다. 그러나 이 염색이 반드시 기대한 효과를 내는 건 아닙니다. 당신의 연인은 어쩌면 아연실색할지도 모르고, 그로 인해 여러 징후들

이 나타날 수 있습니다. 대뇌활동 장애나 생식충동의 완전마비 같은 징후.

b.11 – 마찬가지로, 황금색 레이스가 달린 얇은 보라색 잠옷을 입는 것도 당신 파트너의 성적 충동을 한순간에 깡그리 무너뜨릴 위험이 있습니다. (이미 언급했듯이, 폭소는 관능 행위에 결코 도움이 안 되니까요.)

b.12 – 만약 당신이 근사한 속옷을 입고 있지 않다면 차라리 대담하게 벗고 나타나세요. 헤로도토스의 말을 듣자하니, 여자들이 블라우스를 벗을 때 편견도 벗는다고 합니다.

b.13 – 당신을 가리는 모든 것이 당신의 미모를 해친다는 점도 빠뜨리지 않고 말하겠습니다(작은 아부는 아무 해가 되지 않으니까요).

b.14 – 옷을 벗으면서 기지를 발휘해 당신의 연인이 마법의 행위를 실행하게 하세요. 방황하는 그의 손을 당신 몸의 민감한 부위들 쪽으로 이끌고, 달싹이는 그의 입술을 당신의 진앙까지 우아

하게 인도해서, 그가 "장미를 뜯어먹게" 하세요!
(우리는 기욤 아폴리네르의 지원을 받아 이 전원적인 이미지를 차용합니다.)

b.15 – 꿈속처럼 폭신폭신한 동양적인 배경, 비단 쿠션, 황홀한 향수, 바쿠스 향내, 부드러운 털 양탄자는 결혼에 반대하는 사람들의 말처럼 "과일 섭취"에 무시할 수 없는 보조제가 된다는 사실을 잊지 마세요. 포르노 영상도 영감을 줄 수 있습니다. 포르노 영상의 부정적인 측면에 대해서는 뒤에 가서 다시 다루기로 하지요.

b.16 – 인간의 모든 활동 가운데 관능에 가장 거슬리는 요소인 '일'은 반드시 없애야 합니다. 이 점에 대해서는 아무리 강조해도 지나치지 않을 겁니다.

b.17 – 합법적인 유폐나 다름없는 결혼도 마찬가지입니다(게다가 최고로 운 없는 사람들은 종신유폐를 당하지요).

결혼은 성적 욕망에 장애가 될 뿐 아니라 사고

를 펼치는 데도 큰 족쇄가 됩니다. 헤라클레이토스, 플라톤, 데카르트, 스피노자, 라이프니츠, 칸트, 쇼펜하우어, 니체, 시몬 베유… 이들이 결혼을 했던가요?

─ 남자 쪽

신사 여러분, 아부를 할 줄 아셔야 합니다. 여자에게 예쁘다고 세 번씩 말하세요. 여자는 처음엔 당신 말을 믿고, 두 번째는 당신에게 감사하고, 세 번째는 보답을 해줄 겁니다. 이 조언은 아들 크레비용[5]의 것입니다.

공들여 차려입고, 포마드를 바르고, 향수를 뿌리고, 당신을 돋보이게 해서 육체적으로, 그리고 정

---

[5] 아카데미 회원이기도 한 저명한 비극작가 프로스페르 졸리오 드 크레비용의 아들인 작가 클로드 프로스페르 졸리오 드 크레비용(1700?-1777).

신적으로 돌격을 준비하세요.

천성적으로 장점을 과시하는 걸 혐오하더라도 겸손해 보이지 않도록 조심하세요. 겸손한 행동보다 더 얕보이고, 덜 섹시한 것이 없으니. 앞에 나서서 경쟁자들을 뭉개세요. 불손해 보일 정도로 당신을 과시하세요. 그러면 상대의 마음을 사로잡을 겁니다. 언제나 검증되는 이 사실은 범인凡人들을 행복하게 해주지요.

우리가 인정하긴 싫지만, 점잖지 못한 사람들, 방탕한 영혼들은 오늘날 부인할 수 없는 성공을 거두고 있습니다. 현실에서 우리는 이 사실을 확인하지 않을 수 없습니다. 신이 나서 속내를 털어놓고 자기 내면을 드러내고 만 천하에 알리는 게 통례가 되었습니다. 신사 여러분, 이 사실을 안다면 많은 참패를 면할 수 있을 겁니다.

가진 것이라곤 반반한 얼굴과 가련한 희망뿐인

데 경쟁에서 이기고 싶으십니까? 그렇다면 당신이 호화생활을 하고 있으며, 돈을 물 쓰듯 하는 것처럼 암시하세요. 아무리 싱거운 말도 돈 많은 남자가 하면 사람들은 재미있다고 생각한답니다.

튀어보이려면 변두리 청춘들의 말투를 써도 좋습니다. 이를테면 이렇게 외치는 겁니다. 우리집 가정부가 날 너무 떠받들어서 짱나 죽겠어! 여자들은 홀려서 이렇게 외칠 겁니다. 짱난대! 저 사람이 짱난다고 말했어! 재미난 사람이잖아?

설득을 마무리 짓기 위한 한 가지 비책이 있습니다. 실제보다 훨씬 어리숙한 사람처럼 보이세요. 대개 사람들은 자기 성기性器보다 자기 생각을 훨씬 능숙하게 다루는 사람들을 경계하는 법입니다.

모든 교묘한 술책 가운데 가장 정묘한 술책은 일부러 바보처럼 구는 것입니다. 당신의 성공은 바보 짓거리에 달려 있습니다.

사나운 여자를 유혹할 계획을 품고 있는데 그녀가 굴욕감을 주며 당신에게 딱지를 놓을까 겁이 난다면 중국의 병법서 《삼십육계》에 나오는 제안에서 영감을 얻으세요. 인내심을 갖고 시간에 맡기세요. 호랑이가 경계를 늦출 때 휙! 그물을 던지세요. 아니, 눈독을 던지세요. 버티는 것 말고 휘어지는 것을 잡을 줄 알아야 합니다. 쇠조차 결국엔 꺾이고 맙니다. 진陳나라를 상대로 승리를 거머쥐도록 수나라 왕의 귀에 장수 고영高熲이 속삭인 조언이 바로 이것입니다.

우리가 성욕 병법들, 혹은 수컷의 술책들에 꼭 동의하는 건 아닙니다. 다만 학문적인 객관성의 정신으로 그 술책들을 고려하려는 것뿐입니다. 저 술책들이 우리가 생각해낸 것이었다면 아마 일부 여성들의 근거 있는 항의를 받았을 겁니다.

589년 마인츠 공의회가 딱 1표를 넘긴 다수결로

여성에게 영혼을 인정했다는 사실을 기억하세요. 그러니 여자의 영혼이 감동하도록 시구를 외워 속삭이시라. 일상적인 경험이 입증하듯이 그녀의 영혼은 성기와 직통으로 소통하므로 한결 쉽게 넘어올 겁니다.

> 오 우아하고 풍만한 엉덩이
> 모든 엉덩이가 성 요한 축제[6]의 것이나
> 그 모든 엉덩이를 능가하는 그대의 엉덩이
> 두 은빛 언덕의 여신이여.[7]

자연이 당신에게 갖춰준 음부가 제대로 작동하는지 확인하세요. 19세기의 이란 시인 미르자 하비브 에스파하니가 《음경서한》에 썼듯이 성기는 남

---

6) 6월 24일인 성 요한 축일에는 젊은 사람들이 큰 축제의 불을 피우고 밤늦도록 논다.
7) 기욤 아폴리네르의 시집 《루에게 바치는 시》에 실린 시 〈가장 우아한 부위에 바침〉 중 일부.

자에게 가장 소중한 자산이니까요.

> 내가 가진 건 언제나 자유로운 황금빛 남근
> 음경은 몸의 왕국의 왕이므로
> 내 사지는 분주히 왕을 섬겼고
> 왕의 악덕을 채우기 위해 쉼 없이 일했으니
> 이제는 내 영혼보다 더 소중한 것이 되었다.
> 하여 나는 거기에 소중한 재산까지 몽땅 바
> 쳤다.

　신사 여러분, 우리는 숱한 뮤즈에게 영감을 안긴 당신의 페니스가 운명적인 순간에 가련하게 피식, 꺼지는 꼴을 보는 것보다 당신에게 더 비참한 일이 없다는 걸 이해합니다.
　시인 스테판 말라르메는 모두가 두려워하는 이 불행을 누구보다 잘 표현할 줄 알았습니다.

> 압니다, 당신 곁에만 있으면 나는 발기하지요

굳건히, 그래서 어떤 불행도 두렵지 않아요
굳어버린 허벅지 사이에서 무력하고 말캉한
살덩이로 변한
내 음경을 보는 불행만 아니라면.

대개 지나친 흥분과 관련 있는 이런 성적 불능을
피하려면,
a) 풀 먹인 물건으로 성기를 닦는 건 절대 피하
세요.
b) 반면에 후추·쐐기풀·달팽이를 섞어 만든
혼합물은 박력을 줄 수 있다고 하네요.
c) 플리니우스는 마늘·양파·차조기의 사용을
제안하지만 이 물질들은 모두 불쾌한 점들이 있
습니다.
d) 흔히들 최음 효과가 있다고 말하는 몇몇 식
물들을 경계하세요. 어떤 식물들은 위험한 것으
로 밝혀졌습니다. 이를테면 칸타리스(사드 후작
이 이용한)는 피쏠림 현상을 유발해 참으로 난감

한 지속발기증을 초래할 수 있습니다. 아무리 그래도 그건 좀….

e) 감정적인 이유로 쉽게 흥분이 꺼지는 경향이 있어 남몰래 성적 수치심을 느끼며 괴로워하는 분이라면 비아그라가 사그라지는 당신의 본능을 효과적으로 받쳐주고 음경을 더 잘 이용할 수 있도록 도와줄 겁니다.

f) 목 조르는 방법도 있지만, 이건 어느 정도 위험을 감수해야 합니다.

g) 술은 담대한 용기를 안겨줄 겁니다. 마침 술을 갖고 있다면 말입니다. 술은 당신의 무력한 물건에 청춘의 힘을 안겨줄 겁니다. 그러나 발효음료의 남용은 기대와 전혀 상반되는 결과를 낳을 우려도 있습니다. 배가 돛을 잃고 좌초하게 될지 모릅니다.

h) 유포르노Youporn를 보는 일도 유사한 장애를 가져올 수 있습니다. 소량으로도 흥분을 유발하기에 당신을 중독에, 아니 중독을 넘어 노예상태

에 빠뜨릴 수 있습니다. 포르노를 보며 수음하는 쾌락외의 다른 쾌락은 모두 배제되는 노예상태 말입니다.

I) 절제하지 못하고 발기하게 되는 일이 발생한다면 (이런 일은 반대의 경우만큼이나 난감한 일이지요) 유기농 원산초 시럽을 성기에 바르거나, 성서를 침대 밑에 놓아둘 수 있겠습니다. 하지만 주변에서 건강한 해결책들이 당신에게 손을 내미는데 이런 극단적인 조치의 도움을 받는 건 안타까운 일이지요.

이제는 남녀의 성적 충동에 솔직히 말해 적대적인, 또는 해로운 몇 가지 요소들을 알려드릴까 합니다. 성욕감퇴제라고 불리는 것들입니다.

가장 잘 알려진 성욕감퇴제는 상추·연꽃·홉·종교·결혼, 그리고 아래 사람들과의 잦은 만남입니다. 침울한 사람, 불평 많은 사람, 플라토닉 사랑을 떠들어대는 따분한 사람, 설교를 늘어놓는 사

람, 겁쟁이, 청승맞은 사람, 시샘하는 사람, 앙심 품
는 사람, 정신과 의사, 독단적인 사람, 광신자, 악의
적인 사람, 뒤끝 있는 사람, 보복하는 사람, 문학 평
론가, 비방하는 사람, 질투하는 사람, 독실한 신자,
집달리, 성마른 사람, 비겁한 사람, 신랄한 사람, 소
심한 사람, 쌀쌀맞은 사람, 엉덩이에 털 난 사람, 탐
욕스런 사람… 등, 계단에서 밀어버려야 할 사람들
말입니다.

탐욕스러운 사람들은 이론의 여지없이 모두 무
시무시한 성욕감퇴제입니다.

키르케고르의 말에 따르면, 이런 사람들은 에로
틱한 삶과 조화를 이루지 못하듯이 창의적 재능과
도 조화를 이루지 못한답니다. 그러나 이 상스런
사람들은 제대로 속이기 위해 마음을 끄는 태도로
치장하고, 문화의 전당들을 돈으로 사서 문화인의
가면을 씁니다. 그렇기에 이들에게 속는 사람들이
셀 수 없이 많은데, 심지어 숭고한 정신의 소유자

들 가운데도 득을 보려는 욕망에, 혹은 더 심한 경우는 순수한 알랑거림에 눈이 머는 사람들이 있습니다.

더 심각한 건 이 탐욕스런 자들이 비열한 행동을 하고는 실용적이라는 핑계를 내세운다는 겁니다. 이 자들은 그런 행동을 감추려고 애쓰고, 자기 이득을 맹렬히 지키려 들면서 곳곳에서 대단히 심각한 폐해를 낳지요. 확실히 납득하고 싶다면 이들이 대표로 있는 회사에서 이들의 천박한 관리로 야기된 인적 손실을 확인해 보세요.

대체 어떤 이유로, 나날이 더 많은 돈을 벌고, 자신들의 더러운 법을 세상에 강요하려고 혈안이 된 이 악인들이 우리 시대의 주인공이 되었으며, 어째서 이들의 비열한 출세가 성공을 거두는 전기 영화의 대상이 되었을까요? 이건 우리가 도무지 밝혀내지 못할 불가사의입니다. 통찰력을 갖고 현실을 보면 지구에 위험한 인간은 정작 음탕한 사람도, 동성애자도, 창녀도, 퀴어도, 게이도, 미친 여자도,

여장 남자도, 레즈비언도 아닙니다. 이런 사람들은 누구에게도 해를 끼치지 않습니다. 위험한 자들은 오히려 탐욕스러운 인간들입니다. 오직 그들입니다. 아무리 어리숙해 보이고 소용없어 보일지라도 우리는 기회가 날 때마다 이 말을 할 작정입니다. 외설과 마찬가지로 불멸 또한 오직 그들 진영에서 찾아야 합니다. 이 말을 소리 높여 표명할 때인 것 같습니다. 그리고 저 끔찍한 자들의 목을 조르지는 못하겠지만 저들이 옴짝달싹 못하게는 만들어야 할 때인 것 같습니다.

● 조언 ···

오늘날 이런 개자식들을 만날 불행을 겪지 못한 카툴루스는 어떤 이들의 겨드랑이에서 나는 암내야말로 최악의 성욕감퇴제라고 썼습니다.

그러니 신사 여러분, 냄새 때문에 고민하신다면 스프레이 탈취제를 준비하세요.

2) 계략과 술책

욕망의 대상을 사로잡고, 매혹하고, 홀리고, 들뜨게 만들고, 꾀고, 돌돌 말아서 결국 유혹하기 위한 남자와 여자의 계략은 무한합니다. 여기서 우리는 가장 널리 알려진 계략들만 얘기하려고 합니다.

a) 그 중 하나는 병을 핑계로 내세워, 당신이 눈독 들이는 사람, 곁에 있기만 해도 당신 마음이 포근해지는 사람을 설득하는 겁니다. 그 상대가 일단 당신이 누워있는 침대 머리맡까지 오거든 얼빠진 표정을 짓고 애처로운 목소리로 말하며 그 사람의 손을 잡고 열나는 당신 이마에 갖다 대세요. 그런 다음, 차츰 그 손을 다른 방식으로 달아오른 부위로 옮겨가세요.

b) 역시나 고전적인 또 하나의 방식은 고상하게 예술과 관계된 이유를 내세워 당신의 아파트로 갈망의 대상을 끌어들이는 겁니다. 사실, 예술은 욕망의 영역에서 대단한 매력으로 작용합니다. 한 번

이라도 이렇게 제안해보지 않은 사람이 있습니까? 제가 모아둔 가봉의 가면들을, 수석들을, 중국 병풍을 보러 오시겠어요?… 예술과 연관된 밑밥은 어떤 종류의 의심도 불러일으키지 않기에 모든 밑밥 가운데 가장 피하기 어려운 밑밥입니다. 그러니 단지 작업의 밑밥으로 쓸 목적에서 예술이 탄생한 건 아닐까 하는 생각이 드는 것도 당연하지요.

c) 맥없이 조는 척하다가 방탕한 여자처럼 격하게 음탕한 모습으로 돌변하는 것도 당신의 연인에게 대단히 짜릿한 대비를 맛보게 할 수 있습니다.

d) 그윽하게 예의바른 모습을 보이는 것도 역설적으로 아주 뜨거운 격정을 불러일으킬 수 있습니다. 이를테면 이런 식으로 말이지요. "선생님, 제 손을 당신의 물건 위에 얹을까 한다고 말씀드렸는데, 괜찮으신 거지요?"

e) 대담한 행동을 마주하면 원칙을 내세워 항의하는 것이 전통이 권장하는 바입니다. 그건 마치 우리가 얼굴에 분을 바르는 것이나 마찬가지이지요.

f) 무심한 척, 거리를 두고, 만사를 초탈한 듯한 태도를 보이거나 당신의 내면을 들여다본 듯한 표정으로 철학적인 문장을 속삭이는 것도 불을 지피는 탁월한 연료로 밝혀졌습니다. 이를테면 자신만만한 태도로, 사랑을 결핍된 대상에 대한 추구이자 일관성 없고 일시적이며 천박한 것으로 간주되는 육체적 쾌락을 초탈해(이때 가슴을 살짝 드러내며 숨을 고르세요) 미와 선을 향한 고양高揚의 움직임으로 보는 플라톤의 개념보다는, 사랑을 관대하고 풍요로운 추진력으로 보는 아리스토텔레스의 개념을 선호한다고 말한 다음, 이렇게 물어보세요. "제가 그걸 입증해 보여도 될까요?"

g) 당신이 눈독 들이는 대상이 여전히 쭈뼛거리면 한 단계 높여 스피노자를 호출하세요. 블라우스 단추를 풀며 말하세요. "생명력에 다름 아닌 욕망을 부인하는 건 결국 삶 자체를 부인하는 것이니, 오직 야만적이고 음산한 미신만이 우리가 그 문을 통과하지 못하게 가로막는다고 생각하지 않으십니

까? 저는 제게 기쁨을 안겨주는 것을 향해 나아갈 때 어떤 지혜를 향해 점진적으로 끌어올려지는 느낌이 듭니다." 지혜라는 말을 할 때 속옷이 흘러내리게 하면서 입을 살짝 샐쭉거리세요.

h) 또한 시적인 방식으로 상대에게 이렇게 달콤하게 속삭일 수도 있습니다. "당신의 영혼은 제가 달래서 재우고 싶은 어린아이랍니다."

I) 그런 다음, 당신의 상대를 달군 석쇠 위에 잠시 놓아두는 편이 좋습니다. 절정의 극단에 이를 때까지, 다시 말해 상황이 전적으로 통제 불가능해지기 직전까지 말입니다.

j) 그 동안 서서히, 미묘하게 점진적으로 자극하세요.

k) 기다리게 할수록 불은 격렬해진다는 사실을 아세요.

l) 진도를 잘 늦추는 것은 성공적인 관능교육의 중요한 원칙 가운데 하나입니다.

m) 그러나 일정한 시점까지만 늦춰야겠지요.

n) 당신의 갈망 대상이 장 폴 사르트르의 철학서에 실린 "의식의 지향성의 주요 원칙들"이나 다른 골칫거리에 관해 지칠 줄 모르고 성찰하느라 세월을 보내며 망가지지는 않았는지 확인하는 것이 신중한 태도입니다. 음란행위가 너무 오래 지연될 경우 자칫 재난으로 이어질 수도 있기 때문입니다. 밤낮으로 책 집필에 빠져 지내던 문인들이 어느 날 갑자기 섹스광이 되는 경우를 종종 보았거든요.

o) 또 다른 공략법은 대담한 척하는 겁니다. 진도가 나가지 않고 지지부진할 때는 내숭 따위는 던져 버리세요! 좀 더 과감한 표현을 쓰자면, 못을 박으시라는 겁니다. 이 길 저 길 찾지 마세요. 하늘로 인도하는 길은 하나뿐이니까요. 우리가 서로를 더 잘 알 필요가 있다느니, 나는 처음 만난 날 같이 자는 그런 사람이 아니라느니, 이런 식의 내숭은 집어치우세요. 서두 없이 당신의 호감을 즉각 드러내 보이고, 경범죄에 걸리는 한이 있더라도 신체부위를 격식 차리지 말고 과시하세요. 당신의 가슴을

드러내고, 엉덩이를 흔들고, 머리채를 풀어헤치세요. 그리고 구렁을 살짝 여세요. 그 낭떠러지를 피할 사람은 겁쟁이들뿐이니까요.

p) 드니 디드로는 《입 싼 보석들》에서 냉소적으로 이렇게 썼습니다. "이 낭떠러지는 여자에게서 단연코 가장 솔직한 부위이다." 디드로는 이 소설을 시대의 편견에 대한 도전이자 자신을 숨 막히게 하던 결혼생활 밖에서 웃고 숨통을 틀 기회로 여겼습니다. 훗날, 백과전서파가 된 그는 이렇게 경박한 책을 쓴 것을 수치스럽게 여겼습니다. 우리는 섹스의 문맹들을 깨우쳐서 더 나은 세상을 만들기 위해 이 책을 쓴 저자가―우리는 '나은 세상'이라는 말을 고수합니다. 욕구불만이 낳는 슬픈 열정보다 지복에 열중하는 세상이 틀림없이 더 나은 세상일 것이기 때문입니다(스피노자와 들뢰즈의 말에 따르면 원한·쓰라림·증오·복수… 따위의 슬픈 열정들은 인간의 영혼을 부수어 독재자를 이롭게 한다고 합니다. "왜냐하면 독재자에겐 자신의 영혼처럼 부서진 영

혼들이 필요하기 때문이다.")—하던 말을 이어가자면 우리는 이 책의 저자가 드니 디드로처럼 나중에 과거를 돌아보며 수치심을 느끼지 않기를 희망합니다.

q) 당신이 어떤 술책을 활용하건, 즉 감언이설을 늘어놓건, 익살을 부리건, 정중한 예의를 갖추건, 매력을 발산하건, 기행을 보이건, 정숙한 작전을 부리건, 추잡한 작전을 부리건 간에, 모든 시냇물은 강으로 흘러가고, 모든 강물은 바다로 흘러간다는 사실을 명심하는 것이 중요합니다. 라신이 이해한 바도 그랬습니다. 그의 모든 작품은 섹스를 중심으로 전개되었고, 그리고 거부당했지만 뜨거운 상상력을 지닌 몇몇 영혼들에게 섹스가 낳은 혼돈을 둘러싸고 서술되었습니다. 몇몇 영혼이라는 말은 더러운 잡년으로 알아들으시면 되겠습니다.

음부는 언제나 유혈낭자한 싸움을 야기했다.
역사와 사전을 그대로 믿자면

플로린다[8]의 음부는 갈색이었고, 헬레네의 것은 금발이었다.[9]

r) 나른한 상태와 앞에서 묘사한 지복에 도달하기 위해 신앙심 없는 자들을 암살할 필요는 결코 없다는 사실을 아셔야 합니다. 우리가 말하는 천국은 이 땅에 있으며, 예외 없이 모두에게 열려 있습니다.

살아 있는 동안 우리 서로를 사랑합시다, 마리,
무겁고 긴 잠에 눈꺼풀이 꿰매인 죽은 자들
의 창백한 무리를
사랑은 다스리지 않아요.

---

8) 줄리안 공작은 에스파냐의 왕 로데릭이 딸 플로린다와 하룻밤 동침하자 복수를 하려고 이슬람 군대를 불러들여 톨레도를 정복하게 했고, 그리스 신화 속 절세미인 헬레네는 스파르타의 왕 메넬라오스의 아내였지만 트로이 왕자 파리스의 유혹에 넘어가 트로이로 도주하는 바람에 그리스와 트로이 사이에 전쟁이 벌어지게 만들었다.
9) 테오필 고티에의 〈음란시Poésies libertines〉의 일부.

하데스가 페르세포네를 사랑한 건 잘못이었
어요.
그토록 굳은 가슴에는 그토록 부드러운 감정
이 들어서지 못합니다.
사랑은 땅을 다스릴 뿐 지옥은 다스리지 못
하지요.[10]

s) 사랑이 땅을 다스린다는 말은 거듭 말해도 좋
습니다. 그러나 요즘 특별히 영감을 받고 신앙 없
는 자들을 죽이는 살인자들에게 이 말을 납득시키
기란 쉬운 일이 아닙니다. 왜냐하면 그 광신도들은
"절대신"을, 앙리 미쇼의 표현에 따르면 "다른 모
든 신들이 그 앞에 서면 부스러지는" 최고 절대신
을 숭배하기 때문입니다. 따라서 절대적으로 완강
한, 절대적으로 "개종이 불가능한" 그들의 종교가

---

10) 피에르 롱사르(1524-1585)의 시 《마리, 나랑 교접해요, 아니 교접하지
말아요》.

그들 눈에는 유일하게 진실한 종교이지요. 이것이 앙리 미쇼가 그린 그들의 모습입니다. 그들 가운데 몇몇이 위협적인 광기에 사로잡히기 훨씬 전인 1933년에 말이지요.

따라서 그들을 유순한 감정으로 이끄는 건 어려운 시도처럼 보입니다. 그래도 그들 신의 호주머니 속에 아부 알라 알마아리[11]의 빨간 책《절대명령들》한 부를 슬쩍 밀어 넣을 시도는 해볼 수 있을 겁니다. 10세기 말에 시리아에서 태어난 이 모슬렘 시인은 교단에 올라 거짓말과 날조된 이야기로 신도들을 두려움에 빠뜨리곤 하던 일부 이맘의 종교적 일탈과 설교를 끊임없이 고발했습니다. 그는 사람들이 "양과 타조처럼" 그저 무지해서 혹은 벌 받을까 두려워서 그들의 말을 믿는다고 썼습니다. 그리고 오직 이성만으로 그 두 재앙에 대비할 수 있지만 "사람들의 이성은 죽임을 당할까 두려워 입

---

11) 시리아 시인(973-1057).

을 다문다"고 덧붙였습니다.

인간의 자유와 생각에 심각한 위험을 초래하는, 요즘 같은 종교적 열정의 시기에 우리는 앞에서 언급한 광신도들만이 아니라 많은 사람들이 이 탁월한 저서를 읽고 보다 세속적인 위안을 얻었으면 합니다. 아부 알라 알마아리의 《절대명령들》은 우리가 보기에 선정적인 제안을 담고 있지 않아서 생각을 하도록 이끌어줍니다. 그런데 루크레티우스가 에피쿠로스의 그리스어 작품을 발견하고 엄청난 전율을 느꼈다고 시인했듯이, 그리고 더 훗날에는 온갖 종류의 지복을 알았던 라캉이 확증했듯이, 생각한다는 건 향유하는 일입니다. 생각하는 것이 곧 향유하는 일임을 우리가 얼마나 잊고 사는지 확인할 때마다 참으로 놀라게 되지요.

사실은 주제(섹스)에 집중하고 있는데 주제에서 멀어진다고 생각될 수도 있을 종교 문제로 돌아가자면, 아연실색할 일이지만 오늘날 무신론자들은 입을 다문다는 조건하에서만 용인됩니다. 종교의 다양성을 인정한다는 평계로 그들에게 종교를 생각하지도 말고 문제 삼지도 말라고 엄명하는 겁니다. 이것은 염려스러운 퇴행입니다. 자유에 대한 우리의 갈망과 밀접하게 연결된 모든 관능적 쾌락에 대한 꿈까지 모조리 끌고 뒷걸음질 치는 퇴행, 당장 펄쩍 뛰는 어떤 저항이 일어나서 방해하지 않는다면 제 질서를 강요하려는 퇴행입니다.

t) "서로 사랑하라"는 기독교의 명령은 요즘 말로는 "서로 교접하라"로 해석됩니다. 이 말은 전자보다 덜 거짓되다는 장점은 있지만 모호한 표현입니다. 왜냐하면 타인을 사취하려는 매춘부의 명령처럼, 모든 사람에게 이웃을 밟고 그 자리를 빼앗으라고 촉구하는 "서로 속여라"를 집단 도덕의 차원으로 승격시킨 것처럼 들릴 수 있기 때문입니다. 꼴사납게!

그래도 희망의 어조로 이 장을 끝내기 위해, 성욕의 길을 통한 행복의 추구는 모든 철학적 전통

가운데 가장 오래되고 널리 공유되는 전통이라는 사실을 짚고 넘어갑시다. 이 전통은 아득한 태고 적부터 종교적·국가적·사회적 장벽에, 계층과 소속의 차이에 제 보편적 차원을 맞세우고 있습니다. 왜냐하면 이 행복추구로 기분 좋은 자극을 받아보지 않은 사람이 세상에는 단 한 명도 없기 때문입니다.

3) 도구함

사려 깊은 연인이라면 갈망하는 사람의 호의 속으로 잘 들어서기 위해 도구함 하나 정도는 갖추고 있어야 합니다. 러브젤, 시집, 콘돔, 인공음경(재질이 플라스틱, 고무, 가죽, 상아, 쇠뿔, 카라라 산 대리석, 은, 금… 등등인), 길쭉한 과일, 초콜릿, 수갑, 시가, 하시시, 장신구, 음탕한 그림, 포르노 DVD, 매혹적인 옷, 그리고 다양한 섹스토이를 담은 도구함 말입니다.

a. 여성을 위한 섹스토이

-G 스팟을 위한 진동기, 미니진동기, 항문 토이, 리모콘으로 작동하는 진동계란(에로티즘 분야에서 과학적 진보는 놀랍습니다).

b. 남성을 위한 섹스토이

-음경보석 또는 골반반지, 예쁘게 버자이너라고 불리는 자위기, 다양한 장난감과 자극제.

4) 일반적인 고찰

서두가 길수록 기다림은 연장되고, 감각은 자극받고, 관능은 영감 받고 뜨거워집니다. 이것이 관능교육을 성공적으로 받은 성실한 입문자가 도달하는 결론입니다.

15분 전부터 헐떡이고 있던 당신의 파트너가 경련하듯 몸을 심하게 움직이며 넋 나간 눈을 하고 두서없는 말을 웅얼거리며 당신에게 달려들 때 질겁하지 마세요. 당신의 연인은 미친 게 아니라 그 반대이니까. 조금은 당혹스러운 그런 감정표현은 단지 임박한 순간이, 피할 길 없고, 돌이킬 수 없는 절대적인 순간이 도래했으며, 고유한 의미의 삽입성교로 넘어갈 때라는 사실을 알리는 것일 뿐입니다.

삽입성교(인간이 만들어낸 모든 창작물 가운데 가장 유쾌하면서 가장 무익한 것)는 다양한 자세로 실행될 수 있는데, 짤막하게 정리해 보겠습니다.

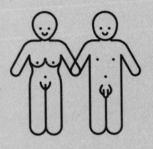

6. 주목할 만한 체위

삼백 예순 여섯 가지의 체위가 있습니다만 여기서는 주목할 만한 열아홉 가지만 언급할까 합니다.

1) 무릎 꿇은 체위

기도하는 사람들에게 적합한 이 자세가 세속화되어 관능문학의 고전이 되었습니다.

이 체위가 아름다운 건 우리를 무릎 꿇게 만드는

것이 욕망 이외의 다른 무엇도 아니라는 사실을 확인해주기 때문입니다.

2) 아테네 체위

아테네 민주주의에서는 철학을 하면서 정사를 나누는 것이 흔한 일이었습니다. 때로는 냉철하게 (냉철하게 정사를 나누는 게 가능해 보입니까? 이의를 제기하셔도 좋습니다. 거의 모든 사람들을 위해 저는 이렇게 대답하겠습니다. 정사란 중도中道가 없는 극단의 행위이지만 그리스인들에게만 예외입니다), 대개는 보다 달뜬 방식으로, 심지어 고삐 풀린 방식으로 이루어졌습니다.

이를테면 두 연인은 격렬하게 정사를 나누면서 사랑 앞에서 도덕법이 정지되는지 아닌지 알기 위해 의문을 제기할 수 있었습니다. 그러나 동일한 충동 속에서 정신과 육신이 합일하게 만드는 미덕을 지녔던 이 실행은 거의 완전히 사라졌습니다.

정신과 육신의 관계회복이 반드시 필요하다고 당당히 주장하는,《철학하기 또는 정사 나누기》라는 에세이의 저자 뤼방 오지앙의 권고에도 불구하고 정신의 자유가 여전히 육신의 자유와 분리될 수 없다는 사실이 밝혀졌기 때문입니다.

3) X자 체위

여자는 다리를 남자의 허리에서 X자로 교차해 혁대처럼 두릅니다.

남자가 그런 자세를 한 여자에게 이렇게 묻는다면 대단히 무례한 행동이 되겠지요. "그런데 지금 뭐하세요?"

4) 곡예 체위

여자는 두 다리를 들어 무릎 꿇은 남자의 어깨 위에 발을 얹습니다.

실존적 공허를 채우기 위해 안달이 난 남자는 바보처럼 빨려 들어갑니다.

이 체위의 명칭은 허공에서 버둥거리는 다리가 유연한 곡예를 떠올리는 데서 비롯되었습니다.

5) 수직 체위

이 체위는 민첩함과 임기응변, 즉각적인 소비가 요구되는 현대인의 삶에 최적화된 것입니다.

이 체위는 단 몇 분 만에 성교를 해치울 수 있게 해주며, 모든 장소에서 실행할 수 있습니다. 현관, 골방, 골목길, 댄스홀, 화장실, 공원, 사무실, 주차장, 영화관, 탈의실 등등. 이런 이유에서 소비절제주의자들은 격렬하게 이 체위를 규탄합니다.

6) 물구나무 체위

남자는 머리를 땅에 댄 채 수직 자세를 취합니

다. 남자의 성기는 몸과 직각을 이룹니다. 남자의 얼굴은 새빨개집니다. 목에는 핏대가 불끈 섭니다. 여자는 직각을 그린 그 형상과 합체할 최선의 방법을 찾으려고 시도합니다. 그러나 여자가 결합을 실행하기 위한 공격각도를 찾았다 싶을 때, 남자가 기진맥진해서 철퍼덕 무너지곤 합니다.

리시케시 지역에서는 남자와 여자가 모두 물구나무를 선 채 서로의 몸을 끼워 맞추는 데 성공하기도 합니다. 대개 열띤 열망으로 고도의 수련을 거쳐 영혼과 몸의 조화를 이루게 된 요기들의 경우입니다.

7) 모로 누운 체위

오비디우스가 가장 덜 소모적인 자세로(이것도 무시할 수 없는 점이지요) 묘사한 이 체위는 추한 얼굴 때문에 상심하는 사람들에게 특히 적합합니다.

그렇지만 추한 것을 보는 것이 추한 행위를 수행

하는 데 자극이 될 수도 있을 것 같습니다. 그렇다면 안성맞춤이지요.

8) 게 체위

여자는 가슴 위로 다리를 교차합니다.

남자가 여자에게 게으르다고 비난한다면 대단히 섬세하지 못한 행동입니다.

9) 활짝 핀 체위

여자는 누워서 양쪽 허벅지를 높이 들고 외칩니다. "나 여기 있지롱!"(사랑에서 익살은 금지사항이 아니며 창의성을 자극한답니다)이라고 한 뒤, 세이렌처럼 유연한 움직임에 몸을 맡기는 겁니다.

10) 삼각형 체위

이 체위는 자본주의가 자랑거리로 삼는 아래 금언에 토대를 둔 것입니다. 나중에 하나를 갖게 되는 것보다 당장 두 개를 갖는 게 낫다. 이 체위는 두 남자와 한 여자(따라서 여자는 양쪽에서 열렬한 환영을 받을 겁니다), 혹은 두 여자와 한 남자, 혹은 세 남자나 세 여자가 있어야 가능합니다.

《로마 황제 열두 명의 사생활을 그린 기념비》의 21호 도판에서 우리는 매력이 없지 않아 보이는 체위를 한 티베리우스 황제의 이미지를 볼 수 있습니다. 황제는 반쯤 누운 채 그의 몸 위에 쪼그리고 앉은 젊은 여자의 외음부를 핥고 있고, 다른 여자에게 성기를 맡겨 빨게 하고 있습니다.

11) 회전 체위

이 체위는 전문가들을 위한 것입니다.

성교하는 남자는 탄탄한 남근을 여자의 성기에 박은 채 넋 나간 얼굴로 황홀경에 도달할 때까지 회전합니다. 그러나 제자리를 맴도는 이슬람 수도승처럼 성기를 중심으로 빙빙 돌다 보면 머리가 핑 돌아 하늘에 채 도달하기 전에 무너지는 경우가 잦지요.

12) 매달린 체위

남자는 서서 벽에 기댄 채 양손을 깍지 끼고 연인을 지탱합니다.

여자는 남자의 목에 밧줄 걸듯 팔을 두르고 연인이 기댄 벽에 발을 댄 채 달콤한 키질을 시작합니다.

두 연인의 심장 박동이 같아집니다. 그들 주위로 세상이 무너집니다. 어느 정도 교양 있는 사람이라면 이렇게 생각할 겁니다.

능숙하게 가벼운 흔들림으로

그의 반쪽에 나의 반쪽을 합친다!

이 체위에는 두 가지 선결조건이 요구됩니다.

a. 버팀대가 비교적 안정적이어야 한다는 것.

b. 남자가 조금만 무거워도 버티지 못하는 허약 체질이어서는 안 되며, 미리 근육 강화운동을 해 둬야 한다는 것.

13) 머리와 다리가 엇갈린 체위

대칭 본능에서 자극받은 남자와 여자가 머리와 다리를 엇갈린 자세로 눕습니다. 두 사람은 눈앞에 펼쳐지는 파노라마를 보고 어찌할 바를 몰라 케케묵은 몸짓으로 입에 닿는 대로 핥습니다. 그렇게 두 사람은 격렬하게 빨려듭니다.

14) 지네 체위

　감동적인 우애로 여러 명의 남자와 한 여자를 한 데 모으는 체위를 말합니다. 이 체위는 두 가지 전형적인 예를 고려해야 합니다.

　a. 여러 명의 남자가 동시에 한 여자를 사랑하는 예로, 한 남자는 여자의 가슴을 어루만지고, 다른 남자는 그녀의 입술에 키스를 하고, 세 번째 남자는 앞에서, 네 번째 남자는 등 뒤에서 교접하는 식입니다.

　b. 이들이 차례차례 작업하는 것입니다.

　이 형태에서 각 사람은 각각 형평성의 이상을 품고 민주적으로 쾌락의 자유로운 유통을 보장해야 하며, 따라서 차례대로 다음 사람에게 자리를 양보해야 합니다. 이 험악한 시대에 대단히 유행하는 "더불어 살기"의 성공은 오직 이 양보의 대가로 얻어질 수 있습니다.

한가지 조언을 드리자면, 시계를 뚫어져라 쳐다보지 마세요! 회계사 정신은 향락주의자들에게는 낯선 것입니다.

이 체위에서 유일하게 주의할 점은 엉겨서 사고를 일으키지 말아야 한다는 것입니다.

여러 명의 여자들이 신사 한 명을 둘러싸고 함께 작업할 때도 동일한 상황이 그려질 수 있습니다. 여자들이 '쾌락기'라는 기막힌 이름이 붙은 생식기를 이용해 저들끼리 즐긴다는 점만 다릅니다.

15) 파랑돌 체위

종교 학교에 기숙하는 십여 명의 젊은 여자들이 인공음경을 이용해 묵주 모양으로 줄줄이 꿰어져 봄을 상징하는 매혹적인 파랑돌 형태를 이루는 체위입니다.

보티첼리 풍의 아름다움을 보여주는 이 전원적인 형태는 장난기 넘치는 젊은 남자들로 구성될 수도 있습니다. 그러나 남자들의 파랑돌은 여자들의 파랑돌이 보여주는 가벼움, 부드러움, 목가적인 매력은 전혀 갖지 못합니다.

풀밭 위의 식사(천박하게도 피크닉이라고 불리는)가 성공적이려면 반드시 파랑돌 춤으로 끝날 수밖에 없습니다. 가장 위대한 화가들은 이 사실을 잘 알았지요.

16) 대퇴부 밀착 체위

페트로니우스가 유행시킨 이 체위는 여자의 허벅지로 남자의 음경을 조여 남자의 사정을 부추기려는 것입니다. 최대한 스타일을 살린 이 체위는 오늘날 탐미주의자들 사이에서만 호평을 얻고 있습니다.

17) 히피 체위

남자는 등을 깔고 눕고, 여자는 말 타듯 걸터앉아 유연한 등줄기를 관능적인 방식으로 물결치듯 움직이는 것입니다.

이 말을 하고 그녀는 간이침대 위로 풀쩍 오르더니 내 위에 걸터앉아 분주히 허리를 놀리고 유연한 등줄기를 관능적으로 움직여 물결치는 비너스의 쾌락을 만끽하게 해주었다….

— 아풀레이우스, 《변신》, 2장

18) 탄트리즘이 권장하는 체위

탄트라 신봉자들은 단순한 성적 재채기와 사정(정사를 완성하는)을 엄밀히 구분해야 한다고 생각하며, 사정 순간을 최대한 늦추게 해주는 체위를 권장합니다. 가장 공들여 만들어진 체위 중 하나가 빗장 기술과 결합시킨 코브라의 호흡인데, 극단으로 치닫고 충돌하는 성욕 에너지를 길들여 상급 차크라까지 숭고하게 드높이는 겁니다.

모든 불규칙적인 행동은 불완전의 기호이므로, 탄트라 신봉자들은 황홀경을 가능한 한 오랫동안 연장하려고 열중합니다.

그렇지만 내공이 깊은 탄트라 수행자조차도 자신의 감각을 완벽하게 제어하기 위해 어떤 노력을 기울여도 모든 인류의 끈질긴 꿈인 영원한 성교에 도달하지는 못한다는 사실을 짚고 넘어갑시다.

19) 하마터면 모든 체위 가운데 가장 단순하고 어쩌면 가장 아름다운 체위를 잊을 뻔했습니다. 대체 정신을 어디에 판 건지?

사랑하는 존재를 오래도록, 다정하고, 부드럽게, 미친 듯이 껴안고, 닳도록 애무하고, 약탈이라도

하듯이 격렬하게 끌어안고, 올라타고, 파고들고, 뜨겁게 호흡하고, 마시고, 또 얼싸안고, 관통하고, 다시 관통하고, 서로 녹아서 하나가 될 때까지, 그의 안에서 나 자신을 잃을 때까지, 그의 품에 안긴 채 그의 안에서 죽을 때까지 포옹하는 것, 순수하고 단순하게. 이것이야말로 경이 가운데 경이가 아닐까요?

이 서정적인 음표를 오래도록 이어가고 싶지만 여러분을 지도하는 데 반드시 필요한 새 장章이 우리를 기다리고 있습니다.

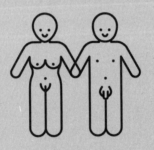

7. 혹시 뒤쪽을 좋아한다면

상대의 넓은 도량이 요구되는 항문성교는 남자의 성기를 깨끗한 뒤쪽 구멍(남성의 것이건 여성의 것이건)에 반복해서 삽입하는 것입니다. 랭보가 "하늘 구멍에 관한 소네트"에서 보라색 패랭이꽃에 비유한 구멍이지요.

풍뎅이의 경우처럼 인간에게도 두 종류의 항문성교가 있습니다. 적극적 성교와 소극적 성교입니다.

누구든 아래에 묘사한 방법대로 자신의 성기를

집어넣는다면 사람들은 그를 항문성교자 혹은 호모라고 부르지요.

항문성교를 당하는 사람은 '바텀'이라고 불립니다. 그저 세 명의 예만 들자면 위대한 카이사르 · 아우구스투스 · 트라야누스는 비참한 바텀이었습니다. 반면에 주피터는 가니메데스와 더불어 대단히 정력적인 남색대왕 바텀이었지요.

고대 그리스와 파라오들의 이집트에서 온전히 받아들여졌던 항문성교는 로마인들 사이에서 통상적인 관행이 되었습니다. 티베리우스와 네로는 그걸 자랑처럼 떠벌렸습니다. 승리에 승리를 거듭하며 동양을 편력했던 트라야누스는 밤마다 미소년들과 재회했습니다. 카툴루스 · 마르티알리스 · 유베날리스 · 수에토니우스가 여러 차례 언급했지요. 키케로도 밤마다 노예 티론과 함께 강렬한 사랑의 시간을 보냈다고 인정했습니다. 그리고 페트로니우스는 풍자소설 《사티리콘》에서 기톤의 몸을 사랑하고, 대단히 높이 평가되는 그의 음경을 사랑하는 엔콜피우스의 연애에 관해 썼습니다.

더 훗날, 신성 아레티노는 《음란한 소네트》의 일
부를 항문성교(오늘날에는 앙심 품은 성직자들이 위
선의 탈을 쓰고 세상에 억지로 떠안긴 남색이라는 경멸
조의 용어로 더 알려졌지요)에 할애했습니다.

그러니까 당신은 어디에다 하십니까? 제발
말씀해주세요.
뒤쪽입니까 앞쪽입니까? 어딘지 알고 싶습
니다.
행여 당신께 큰 굴욕을 안기게 될까 저어되
기 때문입니다
제가 불쑥 항문에 했다가 말이지요.

8세기 · 9세기 · 10세기 바그다드에서, 그리고
이슬람이 지배했던 에스파냐의 안달루시아에서 방
탕과 동성애는 아바시드의 시에서 자주 되풀이되
는 주제였으며, 위대한 이슬람 시인 아부 누와스는

자신이 사랑한 풋내기 미소년들에 대한 취향을 에두르지 않고 드러냈습니다.

죄악 개념을 최초로 도입한 기독교 세계에서 이 행위는 혐오감과 겁에 질린 설교를 낳았습니다. 390년 로마제국의 마지막 황제이자 기독교 교회의 위대한 성인인 테오도시우스는 이 사탄의 앞잡이들을 산 채로 불태웠고, 동성애자들은 다단과 아비람, 그리고 오직 앞으로만 통하는 하느님의 길을 알고 싶어 하지 않은 모든 이들과 함께 영원한 불길에 던져졌습니다.

몇 세기 뒤, 황소 체격에 천사의 마음을 지닌 성인 토마스 아퀴나스는 이 행위를 수줍게 형제지간의 호감이라고 불렀고, 그것이 성령을 거스르는 잘못이긴 하지만, 악행이라기보다 짐승 같은 짓이며, 음행의 죄악 가운데 가장 중대한 죄악은 아니라고 주장했습니다. 뿐만 아니라 그런 행위에 몰두한 자들도 하느님의 자비를 받을 권리가 있다고 했습니다. 모든 양들과 마찬가지로.

성 토마스 아퀴나스는 모든 기독교 땅을 통틀어 예외적인 인물로 남아 있습니다. 왜냐하면 중세 이후로 지옥에 대한 두려움은 기이하게도 줄어들었지만 공포와 극심한 혐오감(혐오감이 대개 깊이 억압된 강한 욕망의 이면이라는 걸 알려면 지그문트 프로이트의 이론을 보세요)에 사로잡혀 이 행위를 바라보는 사람들이 지금도 여전히 많기 때문입니다. 그들에게 항문성교는 파렴치한 탈선처럼(문자 그대로 의미로도, 비유적 의미로도 그렇습니다), 악마가 죽지 않았다는 부인할 수 없는 기호처럼 보이지요. 이 행위에 몰두하는 변태성욕자들은 "번식하라, 이 땅에서 왕성하게 번성하고 증식하라"는 성경 말씀을 뻔뻔하게도 무시한다는 것이 그 증거라는 것입니다.

이슬람 국가들에서의 상황은 더 참담합니다. 태수들이 러시아나 타일랜드 창녀들과 난교파티에 몰두해도 누구 한 사람 흠 잡지 않았지만, 그 사이 동성애자들은 박해받고 투옥되고 난타당하거나 집단폭행당하거나 살해당했습니다. 최근에 우리는

《알 아크바르》신문에서 17세 남학생이 동성애자 사이트에 개인 프로필을 올렸다가 종교 원칙을 위배한 죄로 17년 징역에 2년 강제노역 선고를 받았다는 기사를 읽을 수 있었습니다.

모든(혹은 거의 모든) 관능행위는 종교 원칙을 위배할 수 있으므로, 논리적으로 따지자면 관능행위를 모두(혹은 거의 모두) 추악한 것으로 추론해야 할 겁니다.

혹자들은 관능행위가 추악할 뿐 아니라 때로는 유혹적이거나 혐오감을 주는 대상에 대한 당혹스런 욕망의 부추김을 받아서 섹스를 끔찍한 것으로 만드는 잔혹행위가 될 수도 있다고 말할 것입니다.

이제 우리는 바로 그 잔혹행위들에 대해 말할 생각입니다. 비록 그 주제를 잘 알지 못하고, 제대로 정확하게 다룰 만큼 경험이 부족하지만 말입니다.

8. 불가사의한 고통의 쾌락

1) 볼기치기

손바닥으로 볼기를 때리는 행동은 '광란의 시기'[12] 동안 유행했고, 당시 수많은 우편엽서를 장식했습니다. 사회학자들은 이 유행을 막 끝난 전쟁 동

---

12) 1차 세계대전 직후인 1920년부터 대공황이 시작되기 직전인 1929년 까지를 가리킨다.

안 겪은 끔찍한 폭력을 몰아내기 위해 허용된 유쾌한 폭력을 무대에 올리려는 욕망으로 설명했지요.

요즘 이 폭력을 쓴다면 1920~30년대 당시처럼 좋은 평가를 받지 못할 것입니다.

2) 채찍질

노예제도는 금지되었지만 이 행위는 성교에서 오히려 여전히 은밀하게 행해지고 있습니다.

채찍질은 예전에는 엉덩이에 국한되었는데, 항문성교와 마찬가지로 성교에 재미를 더해줄 수 있습니다.

이 주제와 관련해서 세계적으로 잘 알려진 마조히스트 장-자크 루소는 이렇게 쓴 바 있습니다. "나는 고통이나 수치심에서조차 관능적인 쾌락을 발견했는데, 그것은 내게 두려움보다는 욕망을 안겨주었다."

3) 깨물기

눈만 제외하고 신체의 모든 부위를 깨물 수 있습니다.

인도와 아키텐 지방에서 대단히 높이 평가받는 깨물기는 소박하게 화환 모양으로 깨물기(살갗에 살짝 흔적만 남기는)부터 멧돼지처럼 물어뜯기(진짜 멍을 낳는)까지 포함됩니다.

브라질 카야포 부족의 젊은 여자들은 사랑하는 파트너의 눈썹을 물어뜯고, 이빨로 눈썹을 뽑아 거칠게 내뱉습니다. 그러니 관능적인 쾌락의 길은 종종 주님의 길만큼이나 불가사의한 게 분명합니다.

서양에서 깨물기는 난폭한 기질의 사람들이나 대개 타인에게 나쁜 짓을 하고 즐거워하는 정치인들의 전유물입니다.

비열한 짓거리에 끌리는 이 성향, 가혹행위를 당하거나 가하려는 욕구, 수모를 가하거나 당하는 데서 느끼는 괴이한 행복, 악행의 실행에서 길어내는 이 검은 쾌락, 사드의 작품이 파렴치하게 세상에 드러낸 이 검은 쾌락은 인간의 쾌락이란 사랑에 빠진 청소년기 소녀의 분홍빛 꿈과도, 영원한 사랑의 달콤한 시럽과도, 첫 번째 공격에 허물어지고 마는 천진한 이성의 엄격함과도 정확히 일치하지 않으며, 이미 세워진 도덕의 원칙이나 명령과는 더더욱 일치하지 않는다는 생각을 하게 합니다. 조르주 바타유는 이 쾌락이 인간의 본성을 완전히 열어젖혀 스스로를 인식하고, 제 모순들을, 제 어둠을 보게 한다고 썼습니다.

이런 무거운 생각을 하고 나니(통념과 달리 관능은 우리에게 진지한 문제들을 직면하게 해주는데다, 이 책의 저자는 이따금 이 글에 깊이를, 통찰을, 해명을, 섬세한 시각을 부여하고 싶어 합니다…. 그런데 이 글은 그걸 원치 않으니 어쩔 도리가 없네요. 그런 시도만 하

면 이 글이 이내 거부하니 우리로선 어쩔 수가 없네요)
여러분의 긴장을 풀어주고 예절에 관한 골치 아픈
연구에 미리 마음의 준비를 하도록 매혹적인 이야
기를 하나 들려드리고 싶습니다.

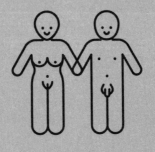

9. 구둘라 성녀의 삶

　구둘라는 650년경 알스트 지역 모르트셀 근처에 위치한 함Ham 성에서 태어났습니다. 그녀는 비트겔 백작과 성녀 아멜베르가의 딸이자, 성녀 라이넬다와 성녀 파라일다, 캉브레 주교 에메베르토의 누이이며, 성녀 발데트루다의 사촌이자, 피핀 1세의 조카이고, 따라서 피핀 1세의 딸로 니벨레스 수도원의 초대 수녀원장을 지냈으며, 그녀의 대모이기도 한 성녀 제르트루다와 매우 가까운 친척인 성녀

알데곤다의 사촌입니다.

요컨대 그녀는 본받을 사람이 많았습니다.

구둘라는 철들 나이가 되자마자 자비를 열성적으로 실천했고, 귀리죽(감자는 아직 전파되지 않았으므로)도 끊고, 자신이 속한 교구의 가난한 이들에게 죽을 내주었습니다. 그리고 남은 시간은 주님께 기도하고, 번민하는 사람들을 위로하며 보냈습니다. 당시에는 오늘날보다 그런 사람들이 많았지요. 그들을 지켜줄 노동조합이 전혀 없었으니까요.

어느 날 밤, 그녀는 모르트셀 마을의 생 소뵈르 교회당에 가던 중 한 부대와 마주쳤는데, 군인들이 그녀를 강간했고, 그 일이 벌어지는 내내 오르가즘에 빠졌답니다.

이때부터 그녀는 오르가즘에 맛을 들여 남은 생애를 모두 거기에 바쳤습니다.

그녀는 712년 1월 8일에 사망했는데, 장례식 날 길가의 한 나무가 가지를 흔들었고, 꽃비가 관 위를 덮었답니다. 1월에 꽃비라니? 딴지 걸지 마세요.

그러니까 하느님의 기적이지요.

　모인 군중은 그제야 구둘라가 성녀였다는 사실을 깨달았다고 합니다.

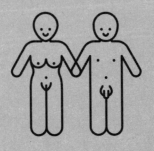

10. 예절

성녀가 못 된다면 예의바른 태도라도 보이세요. 여성 여러분, 남자가 발기하는 걸 보고도 여러분이 얼른 손을 내밀지 않는 것보다 무례한 일이 없다는 걸 아셔야 합니다.

신사 여러분, 젊은 여성이 혼자 집에 돌아가는 게 무섭다고(자정을 알리는 종이 울렸거든요) 털어놓을 때 가장 기본적인 예절은 그녀를 집까지 바래

다주는 것입니다. 정중한 예절을 조금 더 발휘해서 잠자리까지 바래다줄 수도 있습니다. 왜냐하면 아가씨가 무서워하니까요. 아가씨가 떨고 있으니까요. 강간범들이 숨어 있을지도 모르는 시간이니까요. 여성을 그런 야비한 포식자들 손에 버려둔다면 최악으로 비인간적인 행동일 겁니다.

만약 당신이 썩 볼품없는 얼굴의 소유자라면 어리석게 등을 대고 눕지 마세요. 대번에 엉덩이를 들이대세요.

불행히도 당신의 엉덩이마저 얼굴만큼 추하다면 문제는 까다로워집니다. 그런 경우에는 7번 체위(앞쪽을 참조하세요)가 솔깃한 해결책을 제공해줄 겁니다.

어떤 남자의 물건이 너무 크더라도 공개적으로 말하진 마세요. 그 사람이 당신과의 관계를 비밀로 간직하고 싶어 할 때는 특히나.

어떤 여자가 잡년이더라고 공개적으로 떠들지 마세요. 그저 열정적인 여자더라고 말하세요. 굳이 깊은 인상을 남기고 싶다면 고급 창녀라고 하시든지.

베르트랑과 정사를 나눴다고 공개적으로 얘기하지 마세요. 그저 서로 몇 가지 사안에 관해 의견을 나눴노라고 설명하세요. 엄연한 사실 아닙니까.

손을 당신의 치골에 얹으면서 "여차하면 내 손을 지지겠노라" 장담하지 마세요. 너무 성급히 속셈을 드러냈다간 종종 오판할 수 있으니.

어떤 대가께서 잔뜩 폼을 잡고 세상의 모든 허영을 버리고 지금은 고행자처럼 살고 있다고 당신에게 털어놓을 때 바보처럼 웃음을 터뜨리지 마세요.

당신 앞에서 누가 주맹증, 무의식적 실언, 구심성, 강신술사, 오구무당, 호문쿨루스 따위의 골치아픈 용어를 쓰거나 생전에 쓸 일 없는 접속법 반

과거 시제를 써가며 말할 때도 똑같은 조언을 하겠습니다. 웃지 마시라는.

어떤 남자가 박애주의자를 자처하거든 그에게 즉각 입증해 보이라고 요구하고, 그 자리에서 살색 스트링 팬티를 벗으세요.

오스카 와일드의 이 조언을 절대 잊지 마세요. "유혹에서 해방되는 유일한 방법은 그 유혹에 넘어가는 것이다."

신사숙녀 여러분, 선수 치는 법을 배우세요. 우리는 21세기에 살고 있잖습니까?

안타깝게도 이 버릇없는 세상에서는 제대로 존중받지 못하는 관능적인 손님맞이 법을 시류에 맞게 활용하세요.

밤에 인적 없는 거리를 혼자 걷는다면 첫 번째로 지나가는 낯선 이에게 당신을 맡겨 보세요. 강간과 그 끔찍한 결과를 피하는 가장 확실한 방법입니다.

말이 나왔으니 하는 말이지만, 강간은 대개 결혼이라는 합법의 테두리 안에서 발생합니다. 법의 호의적인 눈길과, 역시나 호의적인 교회의 지원에 힘입어 대단히 노후하지만 대단히 부유한 신사들은 감방에 갇힐 위험 없이 수시로 강간을 자행하기 위해 젊고 아름다운 팔등신 여성들과 결혼합니다(못생기고 균형 깨진 몸매를 가진 여자들은 가난한 남자들의 꿈이지요). 그러나 이런 경우의 강간은 강간으로 처벌받지 않습니다. 모든 가톨릭 단체들은 당신에게 말할 겁니다. 그는 다만 종種의 보존을 보장하는 의무를 다하는 것일 뿐이라고. 이보세요!

에로틱한 초대를 받고 입을 다물면 동의하는 것으로 받아들여진다는 점을 명심하세요.

순수하지 못한 의도로 당신에게 말을 걸어온 사람이 당신의 말없는 동의에 자신감을 갖고 당신을 따라온다면, 계속 입을 다물고 있다가 결정적인 순간에 마침내 더없이 부드럽고 긴 키스를 위해 입술을 살짝 벌리세요.

유혹당하거나 유혹하기를 거부하다간 성격이 극도로 깐깐해집니다. 이것은 이론의 여지가 없는 사실입니다.

"우리는 매혹하는 법을 잊으면서 증오하는 법을 배운다"라고 우리가 좋아하는 철학자께서 말씀하셨지요.[13]

더구나, 매혹하는 것은 창조하는 것입니다. 창의성을 발휘하는 일이지요. 예술가가 되는 겁니다.

---

13) 프리드리히 니체가 한 말이다. "여자는 매혹하는 법을 잊으면서 증오하는 법을 배운다."

저를 보세요!

사교계 여자에게 너무 노골적인 제안은 피하세요. 당신의 거기를 좋아합니다, 라거나 이리 와요, 합시다, 라는 식의 제안 말입니다. 그보다는 무심한 듯, 살짝 불량스럽게 말하세요. "갑자기 영혼이 후끈해지는 것 같군요."

당신에게 깊은 인상을 주는, 잘 생겼지만 미련해 보이는 남자 앞에서 그를 유혹하고 싶은 바람이 이루어지기를 바란다면 당신의 손을 그의 물건에 얹고 "나무도막 같네요", 라고 외치지는 마세요! 실제론 그렇지 않은데 음탕한 여자처럼 비칠 겁니다.

얼굴은 덜 잘생겼는지 몰라도 낯선 것에 훨씬 열려 있는 사색가 같은 사람에게 동일한 행동을 하면 그는 칸트 식 사유의 고도 비행을 즉각 중단할 겁니다. 그게 아니면 비행 방향을 명백히 훨씬 세속적인 영역으로 바꾸든지. 철학자의 눈길은 사유의 방향을 좇아 당신의 가슴골로 향할 겁니다. 그 이후는, 짐작하실 테지만 뜨거울 겁니다.

거칠게 당신의 치마를 벗기는 게 아니라 끝날 줄 모르는 지루한 연설을 늘어놓는 사람에게는 순진한 얼굴로 이렇게 말하세요. "사랑을 나누지 않으면서 사랑에 대해 말하는 게 무슨 소용일까요/ 햇빛을 좋아하지 않으면서 해를 바라보는 것이나 마찬가지지요." 그러곤 키스로 그의 입을 틀어막으세요.

대단히 예의 바른 어떤 사람들은 막 쾌락을 누릴 찰나에 이렇게 외칠 겁니다. 실례합니다! 그런 사람들을 따라하지 마세요. 그런 상황에서 정중함을 표시하는 건 결코 시의적절하지 못하니까요.

만약 당신이 관능적인 욕구를 정치인과 함께 채울 생각이라면 대비하는 차원에서 경호원 한 명,

변호사 한 명, 검사 한 명, 사설탐정 한 명을 고용하세요.

연인을 속이고 남편과 같이 자려면 정신을 바짝 차리고 방문을 이중으로 잠그세요. 실제로 질투 많은 연인들이 부부간의 의무에 몰두하는 연인의 내밀한 공간으로 불쑥 침입해서 고함을 질러대는 경우가 종종 있으니까요.

우리는 프라고나르가 《빗장》이라는 제목의 작품을 통해 우리가 몰두하고 있는 학문에 결정적인 공헌을 했다는 사실을 알릴 수 있어서 정말 기쁩니다.

잠잘 시간에 늙은 부모에게 인사하면서 멍청하게 "좋은 시간 보내세요", 라고 말하지 마세요! 편안한 밤 보내세요, 정도가 한결 적절해 보입니다.

앞이건 뒤건 하늘이 당신에게 풍성한 신체기관

을 베풀어주셨으니 자비의 성자 벵상 드 폴의 바람을 실천하세요. "이 땅의 부유한 자들이여, 하느님의 사랑으로 자비를 실천하라."

망설여지십니까?

당신은 베푸는 법을 잊은 겁니까?

자본주의 교역의 원칙을 위반하는 모든 것, 이윤의 윤리에 위배되는 모든 행동이 오늘날엔 정신 나간 짓으로 보입니까? 타인을 위해 헌신하는 것이 착란처럼 보입니까?

긍휼miséricorde이라는 말이 '마음을 빈곤에 내준다'는 의미를 지닌 라틴어 미제리스 코르 다레miseris cor dare에서 왔다는 사실을 환기해드려야 할까요?

자기 자신을 내주고, 가난한 이들에게 운명(운명!)이 잔인하게 박탈한 혜택을 허락하는 것이 기독교적 선의라는 사실도 상기해야 할까요?

더구나 자신을 내주고 나면 수면의 질도 나아지고, 예술 창작에도 도움이 되고, 사랑하는 상사에게 굽실거리려는 우리의 비열한 욕망도 완전히 가라앉히고, 하루에도 여러 차례 모든 정상적인 주체를 덮쳐오는 살해충동도 해소해주고, 심지어 타인들에 대해 진심 어린 애정과 우애를 느끼게 해주고, 도덕의식을 견고하게 세워주는 것 같습니다. 도덕의식의 구축은 유아기의 괄약근에 대한 규율과 더불어 시작되어 성인의 봉헌으로 끝난다고 우리의 정신분석학자들은 말합니다.

그러나 감각 같은 멋진 자질도 있습니다. 감각 없는 사람들은 가련하게도 이걸 이해하지 못하지요.

당신을 갈망하는 연인이 다른 열락을 자꾸만 간청하거든, 만약 당신에게 "해줘요, 백 번이고 다시 해줘요, 당신 품에 온 영혼을 사로잡힌 나를 핥아줘요"라고 말하거든, 호의를 갖고 성실성을 입증해 보이세요. "하던 작업을 스무 번이고 다시 보완하라/ 끊임없이 손질하고, 다시 손질하라"라고 그 옛날에 니콜라 부알로도 권고하지 않았습니까? 이 작가는 모든 일에서 뛰어나려면 얼마나 반복해야 하는지 경험을 통해 잘 알았습니다.

튀어 보이고 싶으십니까? 당신의 성기를 가리키기 위해 '대물'이라는 말을 사용해 보세요. 예를 들어, "친애하는 부인, 제 대물을 꺼내도록 좀 도와주실 수 있으십니까?" 혹은 "제 대물을 당신의 하얀 손에 올려놓아도 되겠습니까?"라고 말이지요. 이 용어의 사용으로 일어날 수 있는 오해가 뜻밖의 결과를 낳을지도 모릅니다.

마음이 끌리는 여자와 같은 식탁에 자리한 당신이 상대의 발 위에 발을 얹었는데, 그녀가 바보처럼 "아야!" 하고 외친다면 즉각 모든 형태의 작업을 포기하세요. 살짝 스쳤는데 생각 없이 "아야!"라고 외치는 사람에게 기대할 건 아무것도 없습니다.

당신의 성적 노역에 대한 대가를 15분 단위로, 시간 단위로, 혹은 몸 상태가 좋다면 야간으로 정할 수 있습니다. 그러나 그걸 분 단위로 정하는 건 피하세요. 그랬다간 어떤 사람들에겐 초라하고 쩨쩨하게 비칠 수 있고, 돈을 밝히는 것이 남자의 속성이라고 믿게 만들 겁니다. 그저 이단적인 생각일 뿐인데 말입니다.

제가 아는 한, 사람은 쾌락을 흥정하지 않습니다. 우리 삶의 이유들 가운데 중요한 그 무엇도 흥정하지 않습니다.

만약 당신의 어머니가 어떤 비방자의 말을 듣고 당신의 성생활에 대해 알게 되어 당신을 꾸짖으며 성적 욕망을 문화적 욕망으로 승화시키는 건 개나 하는 게 아니라고 말하면 정신을 바짝 차리고 어머니가 말하는 '문화'가 무슨 의미인지 물어보세요.

옷을 잘 차려입고, 말끔하게 면도를 하고 그저 "긍정적"이어서 고른 그날의 따분한 공연에 심취하는, 그런 미적지근한 문화 말입니까?

거짓으로 유쾌한 척하는 시시한 문화, 그저 권태를 달래고, 두려움과 거부를 감추는 데나 적합한 문화 말입니까?

밍밍한 순무 수프 같고!

(여기서 화내세요)

저속하기 짝이 없고!

(더 격하게)

너절하기 짝이 없는 문화 말입니까!

오물을 뒤집어쓰는 것 같다고요!

(격분하세요)

그거야 말로 포르노죠, 섹스 없는 포르노 아닙니까?

이런 비난을 쏟아내고는 휙 돌아서서 당신 어머니를 난감하게 만드세요.

황홀경에 빠지면 바보처럼 눈가는 촉촉이 젖고 입은 헤벌어집니다. 이불을 머리 위로 덮으세요.

당신의 연인이 문법적 파격을 시도하며 구멍을 다른 구멍으로 착각하거든, 다시 말해 그의 성기가 쇠스랑처럼 찍어대면, 그에게 원한을 품지 말고, 인내심을 발휘해 당신의 문법을 가르치세요.

쾌락에 몰두한 나머지 당신도 모르게 소리를 내지를 수도 있지요. 그렇다고 난감해 하지 마세요. 제임스 조이스는 이 주제에 관해 그의 아내에게 대단히 아름다운 편지를 쓴 바 있습니다. 그리고 장-미셸 바스키아는 그림 〈오달리스크〉 앞에서 인간미를 한껏 드러내며 이렇게 말했습니다. "저 여자 곧 방귀 낄 폼인데."

당신의 연인은 대단히 훌륭한 학위들과 대단히 훌륭한 직업을 가졌고, 대단히 훌륭한 교분과 대단히 훌륭한 재산을 갖추고, 대단히 훌륭한 자손과 대단히 훌륭한(그다지 다정하지는 않아도) 아내를 둔 대단히 훌륭한 신사입니다. 화냥년처럼 행동하고 음란한 말을 해보세요. 그는 당신을 더욱 사랑할 겁니다.

만약 처음이라면, 사랑하는 여자에게 이렇게 묻는 걸 삼가세요. 당신에게 아이를 만들어도 되겠습니까?

만약 어떤 신봉자가 당신에게 연인을 한 명 이상 둔 것을 신랄하게 비난하거든 우리의 소중한 롱사르의 시를 읊어주세요.

병들거나 늙어서 힘 빠진 남자들은 한결같다
그러나 명민하지 못한 청춘은 어리석어서
여러 곳에서 사랑하지 못한다.

권태와 그로 인한 성적 욕구의 쇠퇴를 막으려면 당신의 파트너를 40일 낮밤 동안 지하실에 가두세요. 거기서 나올 때는 굶주린 상태가 되어 있을 것입니다. 이것은 플루타르코스가 주는 조언입니다.

중요한 건 지하실을 갖추고 있어야 한다는 겁니다.

정당한 분노에 사로잡힌 당신이 대단히 잘못된 행동을 한 낯선 여자에게 "당신 엉덩이에 내 물건을 꽂아줄까!"라고 했는데, 놀랍게도 그녀가 "해보시지"라고 응수하거든, 말과 행동을 일치시키세요. 언행일치야말로 도덕 가운데 으뜸 원칙이니, 기다릴 것 없이 당신의 달콤한 협박을 행동에 옮기세요.

"사람들이 사랑이라고 부르는 것은 아주 작고, 아주 협소하고, 허약하다. 차마 말로 다할 수 없는 난교파티에 비해, 시詩며 자비며 고스란히 자신을 내주는 영혼의 성스런 매춘에 비해, 뜻밖의 일에

비해, 지나가는 낯선 이에 비해", 라고 우리가 탄복
하는 시인 샤를 보들레르는 썼습니다.

11. 참고하면 좋을 관습

1) 남자는 여자가 태어난 지역의 문화적, 종교적 사랑의 관습에 주의를 기울이며 여자를 존중해야 합니다. 따라서 집단상상 속에 자리 잡은 다음의 사실들을 아는 것이 중요합니다.

− 안달루시아 여자는 뜨겁습니다. 기후가 그 원인입니다.

-인도 여자는 차갑습니다. 그 차가움을 깨기 위해 인도 남자는 앞에서 이미 언급했듯이 그녀를 깨물지 않을 수가 없습니다.

-프랑스 여자는 무한히 꿈꾸게 하지만 막상 내주는 건 초라합니다. 그녀는 공략하는 동안 머리카락이 흐트러지는 걸 끔찍이 싫어하기 때문입니다.
그런데 머리를 반듯하게 고수하고 싶어 하는 사람과 정사를 나누는 건 그다지 추천할 만한 일이 못 됩니다.

-프랑스 여자 가운데 헤퍼 보이는 여자는 대단히 높이 평가받는 변종입니다. 이런 여자는 술 달린 반짝이 옷이나 파트릭 피오리 같은 대중가수를 좋아하는 걸 보고 알아볼 수 있습니다. 이런 여자는 천진하고 감상적이며, 사랑에 대한 사랑에 대한 사랑을 느낄 때만 정사를 나눕니다.

그러니 당신이 아끼는 아래의 소네트를 그녀에게는 늘어놓지 마세요. 그랬다간 당장 '흐미', 하고 달아날 겁니다.

> 그대의 손으로 나귀처럼 끈질긴 나의 멋진 물건을
> 그대의 허벅지 사이 열린 매음굴 속에 집어넣으세요
> 아비냉[14]의 말을 무시하고, 난 그대에게 털어놓고 싶어요
> 그대가 쾌락을 향유하도록, 그대의 사랑이 내게 무엇을 주는지!

-성스런 종교원칙 안에서 길러진 가톨릭교인 여자는 특히 지저분하고 음탕한 말을 즐깁니다.

---

14) 장-샤를-알퐁스-아비냉(1798-1867), 두 사람을 토막살해하고 단두대에서 "절대 자백하지 말라"는 마지막 말을 남긴 살인자.

즐겨라 더러운 년, 조여라 잡년, 이리와 항문에 박아줄게. 그러나 그리스도가 체포된 날인 목요일에도 할 수 없고, 그리스도가 십자가에 못 박히신 날인 금요일에도 할 수 없고, 성모를 생각하면 토요일에도 할 수 없고, 그리스도가 부활하신 일요일에도 할 수 없고, 죽은 자들을 생각하면 월요일에도 할 수 없으니 그녀가 성적 욕구를 채울 요일은 화요일밖에 없습니다. 너무 적지요.

—모로코 여자는 금세 쾌감을 느끼면 화냥년 취급을 받을까봐 아무것도 느끼지 못하는 척하고 입술을 깨물어 쾌락의 비명을 억누르다 보니 대신 가슴만 부풀어 오릅니다. 그러니 그녀의 외적인 냉담함을 믿지 마세요. 그녀는 당신 눈에 얼음처럼 보일지라도 사실은 불처럼 뜨겁습니다. 그녀의 쾌락은 입을 다물어도, 그녀의 몸은 파도와 같습니다. 그 파도는 소리 없이 당신을 덮치지요.

- 레바논 여자는 음악이 흘러나오는 스트링을 입습니다. 배터리를 갈아끼울 수 있는 스트링이 지요. 미리 알아두는 것이 좋겠습니다.

- 생베닝[15] 출신 여자는 우리가 서슴지 않고 "지진" 같다고 규정할 만한 엉덩이를 가졌습니다.

- 중국 여자는 성교에 대단히 신비스런 의미를 부여합니다. 그녀의 성기는 상위의식으로 인도하는 어두운 오솔길을 구현해서 만질 수 없는 것을 만질 수 있게 해줍니다. 따라서 그녀의 성기는 초월적이지요. 털이 없다는 것이 그 증거입니다.

- 일본 여자는 마치 뼈가 없는 것처럼 단연코 가장 유연하고, 가장 관능적이고, 가장 노련합니다. 젓가락을 다루는 데 능숙한 손가락으로 그녀

---

15) 옛날에는 대부분의 영토가 교회의 소유였던 프랑스 북부의 작은 마을.

는(섬세함이 요구되지 않는 포크 사용은 서투른 서양인들의 몫이지요) 당신을 미치게 만들 만큼 감미롭고 섬세하게 어루만집니다.

– 어느 나라 사람이든 문화나 피부색이 어떠하든 혼자 된 여자는 너무 오랫동안 재갈을 물려온 에로틱한 상상을 충족시키기 위해 정숙의 제동을 모조리 놓아버릴 준비가 되어 있습니다. 왜냐하면 인공음경이 독신생활의 결핍은 달래주더라도 결코 진짜 살아 있는 물건을 대신하지는 못하기 때문입니다.

– 만족을 느끼는 경우가 아주 드문, 미용사의 아내도 동정할 만합니다. 그녀의 남편 장-미셸은 손님들의 머리를 감기면서 아침저녁으로 모든 것에 관해 철학하고 빗질하며 폴짝폴짝 뜁니다. "사모님, 때깔 나는 색깔에 볼륨을 좀 주세요. 봄도 되었으니 때깔 나는 색깔로 물들이면 젊어 보

이실 겁니다. 이게 요즘 유행이에요." "어머나, 마담 피트의 멋진 무도화를 신으셨네요. 신발은 두말할 것 없이 고상해야지요." "자닌, 아미엘 사모님의 브리지 끝났어? 그래, 그렇게 하면 얼굴이 한층 돋보일 거야." 등등. 이러다 보니 집으로 돌아오면 기진맥진해져서 오직 한 가지 욕구밖에 없게 됩니다. 꼼짝 않고 싶은 욕구지요.

– 칩거생활을 하는 여자는 문자 그대로 섹스에 온통 사로잡혀 있습니다. 사실을 있는 대로 말하자면, 그녀는 남자의 물건 말고는 아무것도 생각하지 못합니다. 이 질긴 강박관념이 그녀를 밤낮으로 갉아먹지요. 문제는 그녀가 있는 곳까지 도달하기가 어렵다는 것, 그녀가 서서히 시들어 가고 있는 수녀원이나 밀폐된 수도원까지 접근하기가 어렵다는 것입니다.

– 이슬람 극단주의자의 아내 역시 카르멜회 수

녀만큼이나 다가가지 못할 존재입니다. 대단히 서늘한 장소에 단단히 갇힌 그녀는 병적으로 신경과민 상태이며, 성스러운 원칙에 관해 극단적으로 원칙주의자여서 자신의 쾌락이 아닌 쾌락은 용서할 수 없는 파렴치한 것으로 여기는 남편에게 아침부터 저녁까지 엄중히 감시당하고 있습니다. (이 남편에 대해 비판적이라고 우리를 비난하는 사람이 있다면 다음과 같은 겸손한 제안을 하겠습니다. 가서 똥이나 싸시지! 그러는 편이 훨씬 나을 겁니다. 그런 사람의 기분에나 육체적 및 정신적 건강에 말입니다.)

2) 여자도 남자의 관습과 관례를 존중해야 합니다. 우리는 남자가 속한 문화와 조건에 따라 관습과 관례가 다르다고 상상합니다. 다음과 같이 말이지요.

– 이탈리아 남자는 쾌락을 누린 후 성호를 긋습

니다. 몇몇 축구선수들이 골을 넣고 난 뒤에 하듯이 말이지요. 두 행위를 대등하게 볼 수 있다는 얘길까요?

–프랑스 남자는 여전히 사랑에 젖은 채 깊은 잠에 곯아떨어지는 바람에 작업 이후 4분 동안은 꽤나 시끄럽습니다. 갈랑트리라는 프랑스의 아름다운 신사도 전통은 대체 어디로 간 걸까요?

–스위스 남자는 대체로 느린데, 우리가 관심을 갖는 이 분야에서 느림은 좋은 덕목이지요.

–인도 남자는 판타지를 좋아하지 않습니다. 성교할 때도 진지하고, 성교하지 않을 때도 진지합니다. 왜냐하면 그는 무한계와 소통하는데 비해, 그의 아내는 한낱 미물이기 때문입니다. 그는 절대 단계를 건너뛰지 않습니다. 신중하고 언제나 초연합니다. 팬티를 벗기 전에 일곱 번

심호흡을 하지요.

─중국 남자는 성관계에서 그다지 표현이 많지 않고 모든 기쁨을 억누릅니다. 그는 특별히 힘들어하는 것도 없고, 열광하지도 않고, 땀 흘리지도 않고, 코를 골지도 않습니다. 중국 남자에 비하면 영국 남자조차도 감정을 드러내는 것처럼 보일 정도이지요.

─영국 남자는 오르가슴도 조용하게 표현한다는 것이 특징입니다. 그러나 오해하지 마세요. 그가 불만스러워 한다는 뜻이 아닙니다. 그의 몸에 장착된 기이한 차음장치는 그가 예절을 자기 존재의 가장 깊은 곳에 묻어두었다는 사실과 관계된 것일 뿐입니다. 그는 땀도 흘리지 않고, 신음소리도 내지 않고, 얼굴이 시뻘게져도 뇌졸중의 위협을 무릅쓰고 완벽하게 기품을 지킵니다. 영국 남자는 요컨대 예절을 지키며 식사를 하듯이 성

교를 하는 겁니다. 예절을 전혀 잃지 않고서 말이지요.

–반면에 슬라브인 남자는 성교 중에 야만적인 괴성을 내지르는데, 걱정할 필요는 전혀 없습니다. 슬라브인은 원래 시끄럽습니다. 그의 포효는 그저 행복한 돌격을 찬양하는 환희의 노래일 뿐입니다.

–바람둥이나 바람둥이를 자처하는 사람은 금속 펜던트를 걸고 있어서, 성교를 할 때 종소리가 납니다. 당신의 집중을 흩트릴 소리지요.
지역 장인을 좋아하고, 빵 굽는 화덕을 좋아하는 그는 기계적으로 유행에서 벗어나는 모든 것(하와이안 셔츠, 고독, 박식함…)을 좋아하는 취향을 드러내어 당신을 피곤하게 만듭니다. 성교 전과 후에, 예를 들면, 경이로운-사람들을-만나-우즈베키스탄과-중국북부의-차이를-받아들이게-

된-말하자면-그의-정신을-열어준-여행… 운운
하면서 말이지요.

–에스파냐 남자는 거칠고 질투심 많고 소심해
서 페스트처럼 피해야 할 사람입니다. 그는 말을
하는 게 아니라 울부짖습니다. 그리고 자기 엄마
를 자기 자신보다 더 사랑합니다. 눈 대신에 검
은 올리브 두 쪽을 갖고 있지요. 그리고 항시 흥
분해 있습니다.
에스파나 남자의 성적 능력을 말하자면 그의 방
대한 성적 어휘력에 반비례합니다. 그의 어휘력
은 지구상에서 가장 풍요롭고 다채롭지만 표준
이 될 만하지는 못하지요. 솔직히 말해 무시무시
합니다.

–이슬람 극단주의 이념을 신봉하는 남자는 출
신지나 문화와 상관없이 에스파냐 남자보다 더
신중하게 피해야 할 사람입니다. 그는 상상하기

힘들 정도로 섹스에 사로잡혀, 모든 사물에서 성적인 표현을 찾고, 포동포동한 피조물만 보면 미칠 지경이 되며, 자기 살갗 일 평방 센티미터의 감각 때문에 그를 잠시도 놓아주지 않는 잔인한 신을 외면하게 될까 두려운 나머지, 그에겐 공짜 매음굴처럼 생각되는, 과학자들의 말에 따르면 그 존재가 100퍼센트 확인되지는 않는 미래의 낙원을 생각하며 현재 순간을 날림으로 살아버립니다.

— 더구나 모든 광신도는 예외 없이 신중하게 피해야 할 사람들입니다. 모두가 나약한 만큼 증오심에, 더 정확히 말하자면 자신의 나약함에 비례하는 만큼의 증오심에, 자신들이 미친 듯이 갈망했지만 갖지 못한 것 때문에 증오심에 차 있기 때문입니다. 섹스를 증오하고, 예술을 증오하고, 그들에게 버팀목 구실을 하는 고정관념을 위협할 어떠한 생각 자체를 증오하는 겁니다. 그들이

오롯이 소유한 선善이 상대가 가진 악을 이겨야
한다는 고정관념이지요.

─나라나 기후와 상관없이 직업 활동의 일부를
음탕한 것들을 떠올리는 데 쓰는 경찰과 군인은
막상 그것을 실행에 옮길 때는 대단히 실망스러
운 모습을 보이는 것 같습니다. 그들은 자기 책
임하의 영혼과 육신의 안녕을 지키는 임무를 수
행하다보니 늘 애국적인 열성에 사로잡혀 종종
한 여자의 정복과 부랑자의 체포를 혼동합니다.
즉, 무례하고 성급한 모습을 보이는 거지요. 그
들은 곤봉을 강박증처럼 휘두르는 경향이 있어
서, 아무에게나 마구 곤봉을 휘두르고 기회가 생
길 때마다 때려눕히지요. 그러나 이런 유감스러
운 기질에도 불구하고 그들의 멋진 제복이 풍기
는 매력은 여성들의 눈에 생생하게 남아 있습니
다. 특히 시골에서는 더 그렇지요. 게다가 섹스
방면에서 그들이 사용하는 풍부한 어휘(생식기

를 가리키는 동의어만 50개가 넘는데, 대개 군대 용어들입니다)는 이 집단에 속한 남자들이 무척이나 좋아하는 것들입니다. 파리 엘리트들의 기교 담긴 언어와는 거의 마주칠 일이 없지요.

─어느 지역 출신이건 간에 자기도취 성향의 예술가는 머릿속이 자신에 대한 생각으로 꽉 차서 더없이 매력적인 피조물을 보더라도 대단히 숭고하고 몹시도 섹시한 자기 자신보다 못해서 성적으로 덜 흥분되는 모양입니다. 이 자가성애적 열정(아마도 뇌의 이상 때문인 듯합니다)은 그를 지구상에서 가장 시시한 연인으로 만듭니다. 행여 그가 여러 명의 여자와 관계를 이어가더라도 그건 그가 그 여자들을 사랑해서가 아니라 타인들에게 자신이 매혹적인 인물이라는 걸 보여주기 위해서이지요. 그러니 이런 쓸모없는 인간이 당신에게 작업을 걸어오면 달아나 숨든지, 만사제치고 피하세요.

-증권계 남자에 대해서도 유사한 태도를 취하세요. 이 분야에 종사하는 남자는 항문기적 특성(정신분석학자들의 말에 따르면, 대변을 붙들어두는 이기적인 쾌락이 돈에 전위된 것으로 보입니다) 때문에 당신의 매력보다는 주식지수의 상승에 더 쾌감을 느낍니다(당신의 매력이 육류 시장에 상장된 경우라면 또 모를까).

2천 명의 직원을 고용하고 있는 증권회사 수뇌부의 남자가 한 마디만 하면 2천 명의 노동자들이 즉각 길바닥에 내동댕이쳐집니다. 그가 한 마디만 하면 라자스탄 주의 지하수층이 마법처럼 말라버립니다. 그가 한 마디만 하면 새로운 공장이 문화유산 바로 아래 세워집니다.

따라서 그는 모든 인간이 신과 같은 자신의 권력 앞에 무릎을 꿇고, 자신을 보고 기절하지 않는 여자는 이 세상에 없다고 확신합니다.

● 조언 ··

이런 과대망상증 환자가 당신에게 뻔뻔하게도 수작을 걸며 압박해오면 그의 거대한 부에 걸맞은 존경을 최대한 표하고는 차라리 수음하는 편이 낫겠다고 대답하세요.

　　－가톨릭 사제는 가장 낮고 어두운 성생활을 영위합니다. 사무치게 괴로운 결과를 예견하지 못한 채 정결서원을 한 그는 기도와 단식과 무릎 꿇기의 힘으로 성적 충동을 끄거나 적어도 가라앉히려고 시도합니다(사제라고 해서 결코 남자가 아닌 건 아니잖습니까!). 그러나 교구 여신도들의 에로틱한 고해로 인해 끊임없이 금지된 것을 떠올려서 일종의 관능적인 광기에 휩싸인 그는 그만 과오를 범하고, 어린아이에게 덤벼들어 성부와 성자와 성령의 이름으로 죄를 범하는 일이 벌어지기도 합니다. 그러니 조언을 하나 드리자면, 당신의 어린 아들을 사제 앞에 정찰병처럼 보낸

다음, 중요한 순간에 들이닥쳐 그 순간을 이용하세요!

– 정치인(우리는 이미 다양한 연구의 대상이 된 바 있는 독재자들이나 위대한 국가원수들의 성생활은 다루지 않을 생각입니다), 말하자면 보통 정치인(국회의원·상원의원·도의원 등)은 히스테리 환자의 눈에는 거의 완벽한 연인으로 비칩니다.

매사에 실망하고, 욕구불만을 느끼고, 자신을 튀어보이게 하고 삶에 소금을 쳐주는 시련을 찾는 히스테리 환자는 아무렇지도 않게 자신을 소홀히 대하는 정치인을 만나면 충족되는 느낌을 받습니다. 성가시도록 도처에 신출귀몰하는 정치인들은 끊임없이 분주하고, 끊임없이 이동 중이고, 끊임없이 사냥에 나서지요. 으스대고 교활한 그들은 권위적인 마초 같은 자신의 이미지를 감추려고 낯선 손을 잡고, 기념비 제막식에 참석하고, 연단에 오르고, 턱을 떨어가며 군중을 감언이설로 속이는 걸 좋아하고, 오랫동안 박수갈채를 받는 걸 좋아합니다. 하지만 애가를 좋아하는 영혼들이(히스테리 환자도 그렇고, 우리도 이런 영혼에 속하지요) 사랑이라는 말로 가리키는 성교 행위를 둘러싼 간질이기와 어루만지기 따위에는 근본적으로 부적합한 사람들입니다. 한 마디로, 그는 성적으로는 대단히 신속해서 에로스에 발정해소의 기능을 부여할 뿐, 그 이상은 아닙니다. (여기서 우리가 환기하는 모습은, 어쩌면 당신은 환원적이라고 말할지 모르지만, 사실은 대개의 정치꾼의 원형입니다.) 연인 때문에 고통 받고 연인의 삶을 썩어 문드러지게 만드는 걸 세상에서 무엇보다 좋아하는 히스테리 환자는 자신에게 그런 기회를 주는 사람을 존경하면서 동시에 증오하고, 자신에게 덮친 불행을 내내 즐깁니다. 어리석게도!

—몸무게 110킬로그램에 키가 1미터 6센티미터

인 와이오밍 주 농부는 성교능력 차원에서 과대평가되었으며, 그의 골격으로 짐작하게 되는 성기의 크기는 엄밀한 생식차원에서도 대단히 실망스러운 것으로 밝혀졌습니다. 게다가 그는 여자들이 참으로 좋아하는 에로틱한 전희를 알지 못합니다. 소떼들이 전희를 하는 건 한 번도 본 적 없었으니까요. 그러나 그보다 더한 최악의 문제는 사랑에 푹 빠진 여자들조차 얼어붙게 만들 그의 연설 내용입니다.

성경을 문자 그대로 믿는 이 농부는 추호도 의심 없이 지구가 평평하며 원기둥 위에 올려져 있으며(욥기 9장 6절), 여자는 죄악에 물든 피조물이고, 그렇기에 남자에게 지배당해야 한다고(창세기 3장 1~16절), 불경한 자의 생애는 단축되어야 하며, 그런 자의 아들들은 고아가 되고 아내는 과부가 되어야 한다고 주장합니다(시편 108).

이런 어리석은 소리 앞에서 취할 태도는 한 가지뿐입니다. 그런 소리를 하는 사람에게 고고하게 말하세요. 정말 밥맛이군요! 그러곤 걸음아 날 살려라 하고 내빼는 겁니다.

우리는 여기서 도시 연인은 대개 시골 연인보다 좀 낫다고, 그리고 무신론자는 독실한 남자보다 관능적인 충동 앞에서 덜 난처해한다고 조심스레 주장할 수 있겠습니다. 독실한 남자가 정기적으로 위반을 저지르고는 하늘(온갖 종류의 은총을 비처럼 내리신다고 알려진)에 대고 용서를 구할지라도 말이지요.

앞에서 언급한 모든 경우에서 개인적 특성은 민족적 습관보다 단연 앞섭니다.

출신지가 어디건 문단에 속하는 남자는 여기서 일일이 나열하기에는 너무 긴 이유들로 늘 신경이 곤두서 있으며, 따라서 에로틱한 판타지에 준비가 되어 있지 못하다는 사실에 주의하세요. "옹 네파쿠셰On n'est pas couché"[16]라는 TV 프로그램에

출연할지 말지는 프랑스 작가들이 고심하는 수많은 고민 중 하나이며, 문학공화국의 손톱 밑 가시입니다.

---

16) 'France 2' 채널에서 토요일 저녁마다 방영되는 프로그램으로, 화제의 인물들을 초대해 유머 섞인 논쟁을 벌인다.

12. 누군가에게 반한 징후

1) 여자가 남자에게 반한 건 어떤 행동으로 알아볼 수 있을까요?

a - 그가 말을 건넬 때 그녀가 얼굴이 빨개지거나 하얘지고, 떨고, 말을 더듬고, 횡설수설해서 바보처럼 보인다면.

b - 그의 마음에 들기 위해 그녀가 아주 깊이 패인 티셔츠 아래 원더브라 브래지어를 입어 헤픈

여자처럼 보인다면.

c - 그녀가 애교를 부리고, 겉멋 잔뜩 든 표현을 쓰고, 아무것도 아닌 일에 웃음을 터뜨려 허당처럼 보인다면.

d - 그녀가 좋아하는 남자 곁에 머물 백 가지 이유를 찾아 껌딱지처럼 붙어 있다면.

e - 그녀가 어린애 같은 목소리로 말하고, 아무 의미 없는 문자들을 보낸다면.

f - 그녀가 자기 삶을 멜로 소설(정말이지 구역질 나는)로 만든다면.

g - 밤에 그녀가 왼손으로 베개를 심장에 대고 누르며 에두아르라고 부른다면.

h - 그리고 동시에 오른손으로 자기 몸을 어루만진다면.

i - 선택된 남자가 아닌 다른 남자가 작업을 걸어올 때 네네, 아뇨, 봐서요, 오, 음, 물론이죠, 등등, 건성으로 대답하면서 성가신 남자로부터 벗어날 생각만 하며 속으로는 이렇게 혼잣말을 한

다면. 얼른 끝내시지, 사랑하는 나의 에두아르 생각 좀 하게. 이렇게 그녀의 정신적인 삶이 고스란히 에두아르, 에두아르, 에두아르, 에두아르, 에두아르로 한정되어 있다면.

j – 그녀가 모든 걸 문자 그대로 받아들인다면.

k – 알 수 없는 이유로 토라진 표정을 짓는다면.

l – 그리고 생리 때 신경질을 부린다면.

m – 그녀가 온종일 그녀의 에두아르가 페이스북에 나타나기만 감시하고 있다면.

n – 그녀가 그를 천재적이라고 생각한다면.

o – 그녀가 전율하며 거듭 그 말을 한다면.

p – 같은 말을 자꾸만 되풀이한다면.

q – 그가 전혀 표현하지 않은 욕망을 덧붙여 그의 말을 해석한다면, 그리고 그녀의 작은 심장이 과도하게 뛴다면(비방하기 좋아하는 사람들은 여자의 자궁이 심장 자리에 있다고 주장했고, 비방을 더 심하게 하는 사람들은 자궁이 뇌 자리에 있다고 주장했지요).

r - 그녀가 친구들에게 그녀의 에두아르가 그녀를 사랑하지만 용기가 없어 털어놓지 못한다는 기미를 간파했다고 털어놓는다면.

s - 그리고 그 일로 괴로워한다면,

t - 왜냐하면 그녀는 사랑을 가지고 장난하지 않기에.

u - 그녀의 에두아르가 '좋아요'를 누르길 희망하며 그녀가 검은색 야시시한 옷을 입은 사진을 페이스북에 올린다면.

v - 느닷없이 그와 마주쳤을 때 그녀가 순수한 처녀 같지 않은 방식으로 엉덩이를 흔들기 시작한다면.

w - 그녀가 주로 예술에 관한 긴 명상에 잠기고 대중가요 〈당신을 얼마나 사랑하는지〉[17]의 가사를 연거푸 듣는다면.

---

17) 조니 할리데이Johnny Hallyday의 노래.

당신의 머리카락이
여름날 태양처럼 흩어질 때
당신의 베개가
밀밭을 닮았을 때.

x - 그녀가 느닷없이 시를 짓겠다고 골몰한다면.
y - 그녀의 지인들이 그녀의 시와 억측들을 듣느라 지쳐 도망치려고 이렇게 거짓말을 한다면. 어, 에두아르가 저기 가네. 에두아르가 저기 있네.

그녀가 대단히 신파조의, "매우 진정성 있는" 일인칭 연애소설을 쓰는 일에 뛰어들기 전에 무언가 구체적인 상황이 펼쳐지는 게 시급합니다. 그녀는 작가들이 심취하리라는 비밀스런 욕망을 품고 유명작가들에게 폭격을 퍼붓듯이 그 소설을 보낼 겁니다.

2) 남자가 여자에게 반한 건 무엇으로 알아볼까

요?

몇 가지 세부 사실만 빼고, 겉으로 드러나는 징후는 앞에서 쓴 것과 동일합니다. 한 마디로, 정신적 장애인의 징후를 보이지요(이때 모든 건 눈에 보이지 않는 깊이에서 일어납니다). 그래서 기욤 아폴리네르도 이렇게 말했습니다. "사랑에 빠지면 바보가 된다."

앞에서 말한 징후들에 다음의 것들을 덧붙일 수 있습니다.

- 거드름
- 허세
- 허풍
- 근육 운동
- 몸에 달라붙는 티셔츠 착용
- 자기 자랑과 허튼 소리
- 상체와 엉덩이 부풀리기
- 터무니없는 팁 뿌리기

- 진공청소기처럼 여자를 빨아들이는 것으로 간주되는 자동차
- 전속력 운전과 급커브 돌기
- 손과 이마의 땀으로 드러나는 자율신경계의 동요
- 동료들을 벌레처럼 깔아뭉갰다는 스포츠에서의 성과와 직업상의 터무니없는 위업에 대한 이야기
- 키득거림 섞인 천박한 말로 청소년기부터 사귀어온 여자들의 목록을 늘어놓는 짓
- 우리네 문화에서는 미리 허락받지 않고 자기 성기를 꺼내 보이는 것은 결코 관례가 아니기에 대신 교활하게 카빈총을, 피켈을, 커다란 시가를, 낚싯대를, 몽블랑 만년필을, 소위 대체물에 해당하는 다른 기구들을 드러내 보이는 짓
- 그러나 내면만큼은: 대단히 감상적인 마음

상대가 자신에 대해 느끼는 감정을 알아차리고 그 감
정을 드러내는 징후를 감지한 남자나 여자는 만약 같
은 감정을 품고 있다면, 의기소침 상태와 그로 인한
온갖 부작용에 빠지지 않기 위해 반드시 성적 결합을
목표로 삼아야 합니다(제5장을 보세요).

13. 감정이 식은 징후

연인이라는 이름에 걸맞은 연인들은 항상 서로에게 관심을 기울이고, 연애감정의 잠재적 감퇴징후들을 해독하고 예방할 줄 압니다.

식은 감정의 초기 징후들은 어떤 태도에서 알아차릴 수 있을까요?

1) 남자 연인은 긴급하게 끝내야 할 관계가 있으면 성난 어조로 통보합니다. 이렇게 말하지요. "결

산작업 때문에 엄청나게 바빠."

2) 여자 연인은 그의 말을 듣지 않습니다. 여전히 내복(베이지색)을 입고 있지요.

3) 남자 연인은 식후 편두통으로 괴로워하며 발포성 아스피린 두 알을 넣은 물 한 잔을 폼 잡지 않고 들이킵니다.

4) 여자 연인은 자루 같은 옷을 입고, 자기 운명을 이끌어나가기보다는 곱씹습니다.

5) 두 연인은 행복의 가장 큰 적은 바로 권태라는 철학적 진리를 발견합니다. 그 적을 물리치기 위해 각자 다른 권태로운 자들이 그들처럼 기를 써서 영혼의 무료함을 달래려고 끊임없이 날려대는 트윗을 읽는 데 몰두합니다. 그러나 그 소일거리가 드러나지 않은 슬픔의 부차적인 징후일 뿐이며, 자신들의 울적한 기분을 더 키울 뿐이라는 것 또한 어렴풋이 의식합니다.

6) 두 사람은 서로 인생을 질질 끌고 있을 뿐이라고 속으로 생각합니다.

7) 그리고 씁쓸해 합니다.

8) 사랑한다는 건 별것 아니다, 힘들지만 함께 하는 것이다, 라고 《밤의 끝으로의 여행》의 주인공 페르디낭은 말합니다.

9) 사소한 집안일, 아무렇게나 던져놓은 칫솔, 너무 익힌 고기가 둘 사이에 작은 분노와 가시 돋친 말, 악의적인 말과 신랄한 말을 던지는 기회가 됩니다.

10) 그들은 일요일을 부인의 시댁에서 보냅니다. 미치도록 따분해하며.

11) 저녁에는 지치고 울적해서 "캐피탈"이라는 TV프로그램 앞에서 꾸벅꾸벅 좁니다.

12) 그들의 심장은 죽은 것 같습니다.

13) 이건 사는 게 아냐. 그저 살아 있는 거지. 여자가 잠자리에 들며 외칩니다. 그저 어서 잠에 빠지고 싶은 마음뿐인 남자가 응수합니다. 당신은 맨날 잘난 체 거창한 말만 해. 자자고, 자. 그들은 이렇게 말하며 입을 꼭 다문 채 말라비틀어진 키스를

주고받습니다.

14) 최고의 감미로움을 맛보지 못하고 이렇게 살아 뭐하나? 잠든 남자를 보며 여자가 중얼거립니다. 그녀는 지구상에서 가장 슬픈 얼굴을 하고 있습니다.

15) 휴가일에 여자는 기운을 되찾고, 다시 말해 스스로의 거짓말에 위로를 받고 남자에게 문고리를 사러 같이 가자고 제안합니다. 제대로 살고 있는 것처럼 계속 이어가야 하기 때문이지요.

16) 가는 길에 두 사람은 제프 쿤스에 관한 대화를 시작하지만(두 사람의 섹스는 이미 죽었지만 정신은 아직 움직이고 있다는 걸 증명하고 싶은 겁니다) 대화는 금세 격렬해집니다.

17) 여자는 좌절하며 자신의 이성이 바닥까지 무너지고 있다고 생각합니다.

18) 저녁이 되면, 남자는 여자가 내놓았던 모든 고찰에 대해 사상가 K. 아담스에게서 차용해온 시멘트 논거로 반론을 제기합니다. 제프 쿤스, 지하

디즘, 시리아 전쟁, 이스라엘-팔레스타인 갈등, 아파트 대출금을 갚기 위해 매월 끊는 어음 등 모든 것이 불화의 원인이 됩니다. 여기저기서 문이 꽝꽝 닫힙니다. 두 사람은 논쟁에서 승리하기만 바랄 뿐입니다. 한 시간 뒤, 두 사람은 기진맥진하고 잔뜩 화가 나서 등 돌리고 눕습니다.

이제 우리는 중요한 결론에 이르렀습니다.
－세상의 어떤 행복도 참신함의 매력을 오래 간직하지 못한다는 것.
－위에서 말한 쇠퇴와 그로 인한 불쾌감의 가장 흔한 원인은 결혼과 더불어 부당하게 연장되는 유착생활로 인한 지나치게 규칙적인 교제에 있습니다. 어떤 이들에게는 50년, 다시 말해 20,585번의 밤이나 되지요!

모든 여자 가운데 한 여자를 선택하고 나면
여섯 달 만에 환상이 사라지는 걸 보게 된다.

코르네유가 미묘하게 쓴 말과 다른 말로 같은 얘기를 하자면, 우리는 너무 자주 만나는 바람에 서로를 잃게 되고, 우리의 욕망은 낡고 서서히 꺼집니다. 아니 더 정확히 말하자면, 너무 목구멍까지 채우는 바람에 우리의 영혼과 몸에, 그리고 타인과의 관계에 해로운 결과를 낳는 것 같습니다.

따라서, 만족과 완벽한 행복이 도달 불가능한 꿈이며, 기필코 그것을 찾으려다가는 길을 잃게 될 수 있다는 걸 알면서도 우리는 미숙하거나 덜 미숙한 당신에게 당신의 민감한 성감대를 휴경지로 내버려두지 말기를 권합니다. 잡초로 뒤덮이기 전에.

죽음이 당신을 데려가기 전에 뜨겁게 사랑하세요.

당신 연인의 감미로운 입술을, 살짝 연 신선한 입술을 오래도록 흡입하고 그 짭조름한 맛을 음미하세요.

애무에, 다정한 말에, 미친 환상에, 성스런 도취에, 여덟 가지 지복에, 현기증에, 뇌우에, 행복에 겨워 전율하게 하고, 무한히 살고 싶게 만드는 이 모든 열락에 몸을 맡기세요.

그보다 나은 걸 우리는 알지 못합니다.

관능수업

첫판 1쇄 펴낸날 2017년 12월 28일

지은이 | 리디 살베르
옮긴이 | 백선희
펴낸이 | 박남희

종이 | 화인페이퍼
인쇄·제본 | 한영문화사

펴낸곳 | (주)뮤진트리
출판등록 | 2007년 11월 28일 제318-2007-000130호
주소 | 서울시 마포구 토정로 135 (상수동) M빌딩
전화 | (02)2676-7117 팩스 | (02)2676-5261
전자우편 | geist6@hanmail.net
홈페이지 | www.mujintree.com

ⓒ 뮤진트리, 2017

ISBN 979-11-6111-011-0 03860